ルードラン
マティマナ

シェルモギ
キーラ(人型)
ウレン
フェレルド

「穢れた闇の力に浸り、死の国の女王となれ」
「あなたに屈するくらいなら、消えたほうがマシよ！」

理不尽に婚約破棄されましたが、雑用魔法で王族直系の大貴族に嫁入りします！ 2

CONTENTS

藤森かつき

イラスト：天領寺セナ

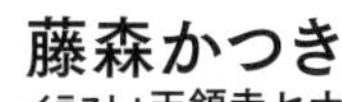

理不尽に婚約破棄されましたが、
雑用魔法で
王族直系の大貴族に
嫁入りします！

プロローグ

死霊使いの国

繋(つな)がる。もうすぐだ。

くくくくっ。髑髏(どくろ)の仮面をつけ黒い頭巾(フード)つきの外套(がいとう)を纏(まと)う不気味な風体。死霊使いの王は小さく声をたてて嗤(わら)った。

漸(ようや)く行き詰まりの異界から、晴れて人間界へと入ることができる。

死霊使いの国はベルドベル。セリオンヌ大陸を含む鳳永境(ほうえいきょう)と呼ばれる異界に存在する国だ。

この世は、神と呼ばれるらしき存在が住む天上界、人間がのさばる人間界、封印されている妖精界、冥府とも呼ばれる冥界、そして無数の異界で成り立っている。

死霊使いの王は、人間界に行くことを切望していた。人間界であれば人型の亡骸(なきがら)が手に入る。しかも無尽蔵に。それは、この異界では望めなかったことで、死霊使いとしては死活問題の解決を意味する。

そう。人間界に行くことが叶(かな)えば我は無敵となるのだ。

鳳永境に住む者の大半は、人間混じりのエルフ族。由々しきことだ。人型ではあるがエルフは魂を抜いても死体を残さない。骸(むくろ)とならず、宝石のような塊(かたまり)だけを残して消散してしまう。稀(まれ)に骸を残して死す人間の色合いの濃いエルフもいるが数は圧倒的に少ないのだ。

だが、我(われ)が力を発揮できないまま燻(くすぶ)る日々も終わりを告げる。人間界に行けば、骸が手に入る。骸の数が増えるごとに力が増すのだ。人間界には骸の山が待っている。骸を残して死ぬ人間共は無尽蔵に存在し、墓には骨も残存するはずだ。

それに何より、異界通路が繋がる先には聖女がいる――。

聖なる存在を死霊の鳥籠に閉じ込めることで、果てしなき闇の力を得ることも叶う。

くくくくくくっ。

死霊使いの王の嗤いは止まらない。

この死霊の国ベルドベルに、通路よ開け！


通常、異界通路は繋がるまで、どの異界同士を繋ぐのか謎とされている。だが、死霊使いの王は、それを知る術を持っていた。これから繋がる先の人間界と呼ばれる空間の様子を知ることができる。通路が開きかけているのを知ってからも嗤いは絶えず、暗い闇めく支配への欲望は果てしなく拡がった。

ただ、その通路がこの異界、鳳永境のどの国に開くのかまではわからない。

我の国に近い、それは確かだ。

死霊使いの王は嗤う。

通路が繋がった人間界とこの鳳永境の間で権利者共が契約を成立させてしまうまでに、事を済ませる必要はある。とはいえ、まだ誰ひとり――この死霊使いの王である我以外は通路の存在を察知できていないはず。

今のうちに少しでも多くの骸や骨を掻き集め、力を蓄えよう。

くつくつと嗤いながら、王は手下の死霊たちに指示を与えた。セリオンヌ大陸には数少ないが墓もある。エルフ色の強い隣国ガナイテールに墓は無いに等しいから、そこを飛び越え遠くの国の墓を狙えと命じる。ガナイテールは大国で住む者も多いが、死体や骨は手に入れにくいのだ。

過去にはガナイテール国へと骸集めに向かわせたこともあったが、結果として死霊使いの元には蟲（むし）や鳥や小動物の骸ばかりが集積する始末だった。

聖女よ、待っているがいい。必ずや捕らえよう。我の特製たる死霊の鳥籠へ。其方（そなた）は生涯、囚（とら）われの身となるのだ。

第1章 小さな異変

大夜会の賑（にぎ）わいの余韻も後片づけも落ち着いてきた頃、マティマナは久しぶりに実家へと帰ることにした。といってもルードランも一緒だから、寛（くつろ）ぎに帰るのとは少し違う。家人も驚くだろう。いや元より寛ぐ目的なら、マティマナにはむしろ実家よりもライセル城にいるほうがいい。

片づけと掃除の手伝いをしたかった。たぶん、急な引っ越しの後で、しかも断然広くなったから、新しいログス城は散らかっているに違いない。惨状だろうことも鑑（かんが）みて、ルードランにはひとりで大丈夫だと同行は断った。だが、ルードランは心配だからと馬車に乗り込んでいる。

混乱しているであろう実家（うち）に、ルーさまを連れていって本当に大丈夫かなぁ……。

マティマナはかなり心配だった。

片づけが必要な場所にルーさまを連れていくなんてとんでもないです、と不安そうにマティマナは何度か告げたが、ルードランはマティマナの片づけの魔法が好きだから、と、嫣然（えんぜん）と笑む。断るに断れない。

それに、片づけをするつもりなのだが、マティマナはかなり華美な衣装を身につけさせられていた。片づけに帰ると聞いても、魔法での片づけだとライセル城の者たちは皆わかっている。薄茶の髪は半結いで、派手な宝石の嵌（は）まった髪飾りがつけられた。ちょっと普通の掃除にはむかないが、確かに掃除も片づけも雑用魔法を使うから問題ない。

何を身につけても麗しいルードランも、マティマナにあわせるように華美な出で立ち。長い金の髪は宝石飾りでまとめられ、纏（まと）う衣装も飾りが豊富。うっとりするような麗姿に仕上げられていた。

マティマナの実家は今までの小城ではない。マティマナがライセル家に嫁ぐこともあり、ログス家は上級貴族に格上げとなった。処罰を受けて降格されたジェルキ家の領地の統治を任せられ、引っ越している。新たにログス城となった元ジェルキ城は立派で大きな城だ。マティマナはザクレスの婚約者だった頃にジェルキ城には出入りしていたので見知った場所ではあった。

ログス家が新たな城へと移転してからそれなり日は経つが、ログス家の荷物は少なくても、元ジェルキ家の所有物でそのまま残されたものは多いだろう。

「ただいま～！」

城門をくぐり、ばたついているであろう城へ入ろうとしながら声をかけた。ルードランは隣を歩きながら、辺りを注意深く眺めている。

以前の程良い狭さのログス城と違ってやはり広い。マティマナの声は誰にも届かないようだ。

使用人さんや侍女さんも、まだ要領を得ない状態なのかな？

人員は増えたはずなのに応対に出てくる者はいそうにない。働き手が一気に増えたせいで混乱し、役割はまだ検討中なのだろう。

「ルーさま、たぶん、ものすごく散らかっていますよ？」

念のため、何度目かの断りをいれてからマティマナは城内へと入っていった。

「引っ越しして間もないのだから、そうだろうね」

構わないよ、と、笑みの気配で応えながらルードランはマティマナと一緒に足を踏み入れる。

マティマナが見るかぎり、やはり引っ越しの荷物もジェルキ家の品なども全く整頓できていない状況だった。

わぁ、思ったより散らかってる……。ルーさま本当に大丈夫かな？
ちら、と、ルードランを窺(うかが)い見ながら、かなり不安な思いだった。予想してはいたが挨拶がてら実家を見てもらう、というにはあまりに恥ずかしい現状だ。

そして良い具合に散らかりすぎている。マティマナはルードランを心配しつつも、片づけしたくてウズウズし、掃除したい思いで心が占められていくのを止められない。

片づけてしまえば、ルーさまを待たせるのに良い場所もつくれるかも？

ルードランは興味深げに散らかり放題の新しいログス城のなかを眺めまわしている。不快そうではないので、ちょっと安堵(あんど)した。

予告なしの引っ越しだったから片づいていなくてもムリもないって思ってくれているのかな？

そんな風にも考えてもみたが、マティマナが片づけたくてウキウキの気配なのを楽しんでいるのだと、なんとなく伝わってきた。

「手伝うわね～！」

誰にともなく声をかけ、マティマナは愉(たの)しい気分で雑用魔法を撒(ま)き掃除を始める。

久しぶりの掃除しがいのありそうな状況に、心が弾んだ。きらきらきらきら雑用魔法の光が舞い踊る。未知の場所ではないので、きっと片づけも掃除も楽勝だろう。

荷物の移動で人の行き来が多いせいもあるのか、ゴミやら塵(ちり)やら随分と落ちていた。まずは魔法の届く範囲全体に魔法を撒き、塵を専用のゴミ箱へ入れる。さすがにライセル城とは違い、城を美しく保つための魔法などは完備されていないから本来は人力での掃除が必要だ。

「きゃ〜〜！　ちょっと、マティ！　何やってるの〜！」

しばらくすると、悲鳴めいた声が響いた。マティマナの母バランディア・ログスの声だ。小走りで近づいてきたバランディアは、以前のログス城にいたときとは違いそれなりの豪華な衣装を身につけている。結い上げた髪は、マティマナと同じ薄茶だ。

「え？　手伝いに来たのよ？　片づけさせて？」

雑用魔法を撒いて掃除しながら、マティマナは文句めかして呟いた。互いに挨拶する間もなく言葉の応酬だ。

「ダメに決まってるでしょう！　天下のライセル家に嫁ぐ者が、片づけだなんて！」

母バランディアはピシャリと言う。雑用魔法を隠しなさい、と、頑なにマティマナへと言いつけていたときと同じ口調だ。

「わぁぁっ、だめよ、マティ。聖女さまが、何やってるの？」

母の悲鳴を聞きつけて上級貴族らしからぬ仕草でバタバタと走ってきた姉アルディスも、悲鳴をあげてマティマナの雑用魔法での掃除を止めに入った。やはり、ステキな衣装。片づいていない城内には少し不釣り合いだ。アルディスは、マティマナよりは少し濃い茶色の髪を半結いにしている。

「聖女なんだから尚のこと、お掃除するのよ？」

マティマナは母と姉へと文句めかして告げた。聖王院から聖女認定の雑用魔法となったし、聖王院は清さを重んじるから掃除推奨なのだ。なぜ、咎められているのか訳がわからない。

「ダメダメダメッ！」

母と姉はふたりで大合唱になった。こんな家人たちがライセル家と親戚になって大丈夫なの？

ライセル家のルードランに嫁ぐことになったのに、聖王院認定の聖女となったのに。雑用魔法を隠せと言っていた頃と、マティマナの扱いは何も変わっていない。頗る心配だ。

聡明な弟リジャンと、父ザードリスは出かけているのだろう。リジャンは、唯一、マティマナの魔法を否定しないのだが、なにかと父寄りで外出が多く接点は少なかった。

「バランディア殿に、アルディス殿、お久しぶりです。マティマナを送ってきました」

しばらく黙って成り行きを見ていたらしきルードランが、不意に母と姉へと笑みを向け爽やかな声をかけた。

母と姉はギョッとした気配を隠しもせず、悲鳴を飲み込んだようだ。マティマナが雑用魔法で掃除を始めていたから、ルードランが一緒にいるとは露ほども思わなかったのだろう。

「まあ、ルードラン様！　わざわざマティマナを送ってきてくださったのですか？」

母はルードランの存在を失念していたことに真っ青な気配で、慌てながらも丁寧な礼と共にそう告げる。

「大事な婚約者だからね」

ルードランはにこにこと機嫌よさそうに笑んでいた。

「ちょっと……！　マティ」

眉根を寄せた母の手で、マティマナは廊下の柱の陰に引っ張り込まれた。ルードランはマティマナへと手を伸ばしたが、アルディスが怖々としながらも立ちはだかってそれを留める。ルードランの手は宙を掴(つか)む形だ。

「どういうつもりなの？」

母の詰問する声はルードランに聞こえないように気をつけているのか、潜められていた。

「片づけの手伝いに来たのよ？　もう魔法を隠さなくてよくなったんだから。それに、片づけ、必要でしょう？」

相変わらず何を咎められているのか理解できないまま、マティマナは周囲の乱雑な様子へと視線を向けた後で首を傾(かし)げる。

ライセル城では、ずっとルードランと一緒に歩きながら雑用魔法で掃除していた。だからルードランのいるところで掃除なんてとんでもない、ライセル家に嫁ぐのに掃除なんてとんでもない、などと言われても、マティマナには解せない。

引っ越して間もないとはいえ、使用人も侍女も増えた。それなのに実際、酷(ひど)い散らかりようだ。絶対に片づけや掃除の手伝いが必要なはず。必要とされているのに、なぜ掃除してはいけないのか？

ただ、確かにルードラン連れで来るにはあまりにもゴチャゴチャだった。

「ルードラン様が一緒なのに片づけですって！　マティ、とんでもないことよ！　貧乏くさい雑用魔法なんて使うのはやめて、さっさとライセル城に帰りなさい！」

小声のままだが母の勢いは更に増した。ルードランは残されている姉へと笑みを向け、姉は必死に固まったまま佇(たたず)んでいる。

「ええっ、帰れって、ここ、わたしの実家(うち)でしょう？」

実家に戻って引っ越し後の手伝いをする気満々だったマティマナは、掃除を止められてもはや懇願の気配だ。

マティマナの言葉に、母は首をぶんぶんと横に振る。

え〜！　もう、ログス家はわたしの実家じゃないんだぁ？

衝撃的といおうか。実家では、もうライセル家に嫁いだ扱いになっているらしきことにマティマナは奇妙な気分を味わった。

たぶんルードラン連れで来たから扱いに困惑しているのもあるに違いない。応接室も接待できるような状態にはなっていないのは明白だ。だから片づけたいのだが。

「とにかく、ライセル城へ帰りなさい！」

小声の遣(や)り取りだが、ルードランには聞こえていたろう。聞こえずともルードランにはマティマナの心の動きを察することが可能だ。

ライセル城へと戻そうとする仕草を受け、マティマナは少し唇を尖(とが)らせながら母から離れルードランのほうへと向かう。

ううっ、せっかく魔法をタップリ使えると思ったのに……！

実家に帰ってきたばかりだというのに、城の案内すらしてもらえず帰らねばならない。

呪いが消えたライセル城も本来の魔法が正常に働きはじめたから、片づけや掃除は不要になった。

え？　わたし、やることない？　かも？

ず〜ん、と、落ち込みながらマティマナはルードランの傍(かたわ)らへと戻る。

「ルーさま、帰りましょう？」

マティマナは力なく呟くように告げ、外に向けて歩き出した。

「あれ、マティマナ、もう、帰るのでいいのかな？」

たぶん成り行きはわかっていると思う。だがルードランは聞こえていなかったかのように振る舞ってくれていた。

「では、バランディア殿に、アルディス殿、僕もこれにて失礼するよ。マティマナのことはすべてお任せください」

ルードランはマティマナを先に行くように促すと、爽やかな声で母と姉に挨拶し丁寧な礼までしてくれていた。

「片づけを手伝おうとしただけなのに追い出されました」

ルードランが追いついてくると、マティマナは小さくぼやくように説明した。せっかくお掃除できるって張り切ってたのに、と、更に小さく言葉を足す。マティマナの微(かす)かなふくれっ面(つら)に、ルードランは愉しそうな笑みを向けてきた。

「おや、僕も込みで？」

そう言いながらも、なぜかルードランの笑みは深まる。

「あああ、家人が本当に失礼で申し訳ございません！」

マティマナを帰らせようとしただけではあるが、結果的にライセル家の跡取り息子を門前払いに近いかたちで追い返すことになっていた。やはり今後の親戚づきあいがかなり心配だ。

一緒に帰ることになり、ルードランはご機嫌な様子だった。引き留められたり、マティマナだけ残して独りで帰ることにならなくてホッとしている節がある。マティマナの手を取る仕草とともに、それは微かに伝わってきた。

「僕にも、あのくらい気安く話してくれていいのだよ？」

やはり遣り取りは聞こえていたようだ。マティマナと手を繋いでログス城の庭から城門の外へと誘いながらルードランは笑み含みに囁いた。

ひゃぁぁ、そんなの絶対ムリ～。

マティマナは思わず息を呑む。

「そんなっ、とんでもないです！」

必死で首を横に振りながら訴えた。

「じゃあ、結婚したら、ぜひ。僕もマティマナの家族になるのだから構わないだろう？」

マティマナは、ふるふると小さく首を横に振る。

それは無茶よ、と、マティマナは心で叫んでいた。婚姻して家族になったとしても、ルードランが高貴な存在であることは変わらない。実母や姉へ対するような態度で接するなど下級貴族気分のままのマティマナには考えられないことだった。

「せっかく雑用魔法がたくさん使えると思ったのに……」

かわりに小さく、マティマナは心のままに呟いた。

「休めるときに休んでおいたほうがいいよ」

これから忙しくなるからね、と、ルードランは囁き足してくれる。マティマナは頷(うなず)くものの、呪い騒ぎからの成り行きで慌ただしく過ごすのが癖になっていた。休むなんて落ち着かない。

それに……。

「家人は……わたしのこと、心配してくれているのはわかるのですけど……わたしを理解してはくれないのですよね……」

マティマナはついつい力なく呟いた。

せっかく聖王院が雑用魔法を聖女の技であると認定してくれたというのに、マティマナが大好きな魔法を使うことには相変わらずの酷い拒否反応だ。

認めてほしかった。

小さい頃から何不自由させることなく愛娘(まなむすめ)であるマティマナを育ててきたとログス家の者たちは信じて疑いもしない。何もかもマティマナのためよ、と、マティマナに良かれと思って、と、二言目には言われてしまう。ザクレスとの婚約もそうだ。マティマナは今でこそ家人と対等らしく会話をしているように見えるだろうが、やりたいことも主張も、ずっと否定され続け飲み込むしかない日々だった。

その蟠(わだかま)りは、未(いま)だ燻(くすぶ)っている。ルードランと出逢(であ)わなかったら、何が楽しいことかも忘れてしまったまま、誰かのために自分を犠牲にして生きる道をまっしぐらだったろう。

「マティマナの実家は、もうライセル家でいいのじゃないかな？」

繋いだ手をギュッと握りながらルードランは囁く。マティマナの心に沈む劣等感めいたものを感じとったのかもしれない。心の動きを、感情を、ルードランに隠すことなどできない。伝わってしまう。けれど、それは好ましいことでもある。ルードランは理解してくれる、と、マティマナは知っていた。ただ、こんな暗い燻りでルードランを煩わせるのは申し訳なくて仕方ない。

「……家人たちが愛してくれているのはわかるのですが……わたしは、ちゃんと愛せなくて……」

こんなことを話してしまうなんて……。

ひた隠しにしたいような、でも、ルードランには知ってほしいような。

マティマナはずっと、さまざまなことで否定され、抑圧され、自由などなかった。誰かのため、家のため、なにかと自己犠牲を強いられてもその自覚なく、それが当たり前だと思い込んでいた。家族から愛されているとわかっているけれど。家族を愛していないと言い切れるわけではないけれど……。そんなわたしに、ルーさまを愛する資格があるのかしら……。

ぐるぐると嫌な思考が巡ってしまっていた。

それも、きっと伝わってしまう……。

困惑と申し訳なさで心は満杯だ。

そんな暗い思考のなか、ルードランの笑む気配が伝わってきた。

「何も心配しなくてもいいんだよ？　僕は、そんなところも含めてマティマナを丸ごと愛しているのだから。どんな思いも、全く恥じる必要などないからね？　僕は、マティマナの思いのすべてを認めるし受け止める」

僕では不足？　と、ルードランはマティマナの顔を覗（のぞ）き込んで訊（き）いてきた。

「わゎわゎっ、ルーさまで不足だなんて！　あり得ないです。ルーさまがいてくだされば、わたし他に何も必要ないです！」

マティマナはワタワタして慌てまくり、暗い思いに沈んでいたのも一瞬で吹き飛んだ。

ルーさま、どうしてわたしが欲しいものがわかるのかな？

なんだか吃驚しすぎて、マティマナは目を見開いたまま、間近のルードランの青い眼をじっと見つめていた。視界のなかで、ルードランの笑みが深まり更に近づく。

「だめだよ？　マティマナに必要なもの、僕はたくさん言ってほしいんだから」

チュッと、軽いキスを届けた後でルードランはそんな風に軽く釘を刺す。

ひゃぁぁぁ、こんなところで〜！

とはいえライセル家の馬車まではまだ遠く、ログス家の城門へと続く敷地は無人だ。「ルーさま、愛してます……」と、マティマナはボーッとのぼせた感覚のまま心の底から囁いていた。


片づけや掃除に雑用魔法を使う機会はなくなった。それでも呪いの品へと魔法を撒いて浄化する、というマティマナの日課というか仕事は存在している。聖王院からの正式な依頼だ。頻繁には通えないが、悪魔憑きのロガが根城としていたイハナ城の浄化も同様に正式に引き受けた。

マティマナはルードランと一緒に法師ウレン・ソビの部屋へと通っている。このときばかりは、雑用魔法を思い切り使うことができる。悪魔憑きのロガと半解凍の悪魔の残した呪いの除去なので複雑な気分ではあるが、魔法を使えるのは密かに嬉しい。

一気に大量に雑用魔法を浴びせられるように、浄化の際には聖女の杖を持っていくことにしていた。

聖王院から聖女認定された際に、証の品として錫杖型をした聖女の杖と、聖王院における正装の一式を贈呈されている。聖女の杖は、普段は自室として使わせてもらっている部屋に置いていた。マティマナが手にすると、巨大な杖に変化してしまい持ち運びが困難なのだ。

「聖女の杖であれば、形を変えて所持することが可能ですよ」

聖女の杖は巨大になっても重くはないのだが、扱いに難儀しているのはバレバレなのだろう。法師ウレンはそんな風に切り出してくれた。ウレンは、聖王院の指定色である緑の長衣を身に纏い、濃い灰色の髪は背でひとまとめにしている。常に神聖な気配と穏やかさを漂わせているが、強烈な法術を会得した心強い存在だ。

「杖以外の形に変えられるのですか？　確かに杖のままだと所持しにくいですよね」

聖女の杖は錫杖型なのだが、マティマナが手にすると形は不安定なままで大きさが頻繁に変わる。不意に巨大になるので、何よりマティマナ自身が驚いてしまう。

「魔法系の杖は腕輪の形に変えて所持している者が多いですね。魔気の器に入れている者もおります。物入れのような空間魔法を所持していれば、そこに収納することも可能です」

「なるほど。それは便利そうだね」

同席しているルードランが感心したように呟いた。

魔法の杖を通常見かけることが少ないのは、皆そうした工夫をして所持しているからなのだろう。

「あ、腕輪の形に変わるのなら嬉しいです」

マティマナはぜひ、その方法を知りたいと思いそう応える。

「簡単ですよ。腕輪に変わるよう聖女の杖へと心で語りかけるのです」

ウレンの言葉に頷きながら、マティマナは手にした聖女の杖へと、腕輪に変わっていただけませんか？　と、語りかけてみる。するとマティマナの気持ちをそのまま形にしたように、きらきらと光に包まれながら華奢（きゃしゃ）な金細工めいた腕輪に変化し、聖女の杖を持っていた左手に嵌まっていた。

「まあ、キレイ！」

「ああ！　本当に美しいよ。マティマナによく似合っている」

ルードランの弾む声がマティマナの声と重なる。

「マティマナ様は魔気の回復が異常に早いですから、聖女の杖は常に所持していたほうがいいですよ？　聖女の杖は魔気が余剰気味になると自動的に蓄えてくれます。いざというときには聖女の杖に溜（た）めた魔気が使えます」

腕輪であれば形は安定しています、と、言葉が足された。雑用魔法が使いやすくなっただけでなく、聖女の杖にはマティマナの気づいていない多数の性能があるようだ。魔気を自動的に蓄えてくれるというのは朗報だった。

「ああ、やはりマティマナは魔気の回復が早いのだね。僕と手を繋ぐと、より早まるみたいだったけれど気のせいではないのか」

法師ウレンの言葉を聞き、ルードランは納得した様子だ。法師は頷く。

「あ、あれ？　もしかして、魔気量ってわかるものなのですか？」

まるで魔気量が視えてでもいるようなふたりの会話に、マティマナは思わず瞬きしつつ訊く。

「え、マティマナ、もしかして魔気量、視えないのかな？」

ルードランは驚いたように訊き返した。

「ええっ？　普通は視えるものなのですか？」

マティマナは緑の眼を見開き、驚愕のままに更に訊く。マティマナには魔気量も体力も他の者が所持する魔法の能力も、知る術はなかった。そういえば、さっき魔気の器に杖を入れる、などという話もしていた。魔気量には魔気の器の大きさが関係することくらいは聞き及んでいたが、それを視ることが可能なものだとは知らなかった。

「ああ、それでマティマナは限界を超えてしまうのだね」

ルードランは頗る納得した様子だ。

「ルーさまも、視えるのですね？」

ルーさまだけでなく、もしかして他の方々も魔気量とかって視えてるの？

マティマナは衝撃的な事実を眼の前に突きつけられ、驚きと困惑で挙動不審になりそうだった。

「マティマナのはかなり把握できるようになったかな。僕自身の魔気量は当然把握できているし、他の者の魔気量も知ろうとすれば視えるね」

「魔法をそれなり扱う者であれば、魔気量や魔気の器の様子、体力などを視るのは基本的な技ですから把握できますよ」

「あああ、雑用魔法では……そういうことはできないです」

マティマナはおろおろと、驚きを隠すこともできずに狼狽（ろうばい）して呟く。

「やっぱり、マティマナが魔法を使うときには僕が監視する必要があるね」

ルードランは少し心配そうにそう告げた。


聖女の杖を、形を変えて携帯できる方法を教えてもらえたので、マティマナは腕輪の形にして常に身につけるようになった。華奢な金細工のようなキレイな腕輪だ。たまに眺めるだけでもウットリと安堵の気持ちをもたらしてくれる。最近では魔気の回復が早いせいで余剰があるのか、聖女の杖の特殊効果なのか、マティマナが歩くだけで自然に雑用魔法が発動するようになっていた。

そうでなくても高貴故の特殊魔法がさまざまに働くライセル城では、掃除の必要は元より全くない。それでも雑用魔法はあちこち勝手に磨いてくれている。磨けばどこもかしこも真新しい状態になっていくようだ。そして勝手に発動しているにもかかわらず、マティマナには雑用魔法を使えている満足感がしっかりあった。

「マティマナ様、ルードラン様、至急ではありませんが、いずれ武器に結晶化の付与をつけてはいかがですか？」

ルードランと共に法師の部屋を訪れ日課となっている呪いの浄化作業をしていると、法師ウレンがそんな風に勧めてきた。

「僕の武器？」

「わたしの武器？」

ふたりして首を傾げる。

「あ、マティマナ様の武器は、聖女の杖です。ルードラン様の場合は、イハナ城から回収した鍵状の品がいいでしょう。鍵の形をしていますが攻撃魔法を発していました。ライセル家由来の品ですから武器の形に変化するはずです。マティマナ様のように腕輪として身につけておくことも恐らく可能ですよ」

法師の言葉に、ルードランが青い眼を輝かせるのがわかった。

「マティマナとお揃(そろ)いなのはいいね」

ルードランは鍵の形の品を武器として使うことに乗り気のようだ。マティマナとしても、あの巨大な鍵が武器の形になるというのには興味をひかれている。

ルーさまの所持する武器ってどのような形なのかしら？

鍵状の品が武器に変わるのなら、きっとそれを見せてもらえるだろう。

「武器として使用できるか試してみてください。鍵状の品を取り寄せてもよろしいでしょうか？」

法師は一応確認している。

「もちろん」

ルードランは嬉しそうに応えた。法師ウレンは言葉に頷くと、大きな鍵の形の武器らしきものを転移で取り寄せルードランへと渡す。

「この鍵が、武器として所持できるのかい？」

法師が鍵を手渡すと、ルードランは不思議そうに見つめながら呟いた。

「ライセル家のルードラン様であれば、魔気を込めるだけで好みの武器に変わるはずですよ」

笑みを向けながら法師は告げる。

「やってみよう」

言葉に頷きながらルードランが魔気を込めるにつれ、大きめな黄金の鍵は形を変えはじめた。魔気を注ぐときの煌（きら）めきが美しい。最初は綺麗（きれい）な装飾の短剣になり、更に魔気を加える気配に、パアアアッと目映（まばゆ）い光がほとばしった。ルードランの手に握られたまま、それは巨大な、しかし繊細な金細工めいた装飾の弓と化している。

たくさんの宝石も飾られた豪華な巨大弓だ。

「まあ！　なんて素晴らしい、美しい弓です！」

マティマナは感嘆し、思わず歓喜めく声をたてていた。

「弓？　矢はどうすればいいのだろう？」

ルードランは巨大な弓を手にしたまま首を傾げている。

「ルードラン様であれば、魔気の矢が自動でつがえられるでしょう。射（い）る形にすれば、現れるのでは？」

ウレンはそのことを確信しているらしく微笑を向けながら告げた。

「こう？」

ルードランが射手の構えをつくると、確かに光の矢がつがえられた。とても見映えのよい麗しい光景だ。

「まぁ、なんて綺麗！」

マティマナはルードランの麗姿に思わず声をたてる。それに、とても威力がありそうだ。

ルードランが矢を放つと、目的なく放ったためだろう。途中で綺麗に光り矢は消えた。

「なるほどね。いざとなったら、どんどん射ることができそうだよ」

納得したようにルードランは頷き、弓を元の鍵型へ戻している。

ライセル家というのは、やはり光の魔法の効果が強そうだとマティマナは再確認した思いだった。

「ルーさまは、鍵のままで持ち歩くのですか？」

ルードランの武器も腕輪にできるとウレンが言っていた。マティマナはちょっとお揃いを期待してしまう。ルードランは少し思案げにした後で笑みを深めた。

「やっぱり。僕のも腕輪にできるようだよ。ほら、マティマナとお揃いになった！」

嬉しそうにルードランは弾む声をたて、マティマナのものによく似た腕輪を左手首に嵌めて見せてくれている。魔気を込めることで弓や短剣、腕輪、と、ルードランは自在に変化させていた。

「お揃い、嬉しいです！」

マティマナは願いが叶（かな）ったような気分で満面の笑みを浮かべていた。

法師とルードランとマティマナの三人が主城を移動中、数人の使用人がザワつく気配で歩み寄ってきた。

「お客様棟の地下室の床から、奇妙な音が響いているのです」

使用人たちは丁寧に礼をした後で困惑した表情で申し立てる。

「どの棟だろう？」

ルードランは即座に場所を訊いていた。

使用人の言葉によれば、ライセル城敷地の端にある城壁近くの棟のようだ。法師は頷くと、案内の使用人も連れて皆を転移させた。

ルードランが扉を開け、使用人が先頭に立って案内するように歩きはじめる。棟の周囲も建物内も、綺麗に掃除され、いつでも客を迎えられる状態に整えられていた。端にあるが豪華な造りの棟だ。呪いの事件の際に、魔法を撒きに来ていたのをマティマナは思い出す。その際、地下にも魔法を撒いた。

「こちらです」

小さな階段室から狭い階段を下り、地下へと入る。広い廊下の両側に、ふた部屋ずつある造りだ。

地下は本来、客には入らせない場所だが、それでもライセル家の魔法で自然に灯(あか)りが点(とも)っていた。

念のために用意されている地下室なので、何も置かれてはいない。

使用人は、ひとつの扉を開いて誘導する。

広大な部屋だが岩を刳り抜いてそのまま床と壁にしたような雰囲気だ。

「あ、確かに、床から音が響いてきているね」

ルードランが不思議そうに呟く。

「この部屋の下にも地下室があるのですか？」

この階より下には魔法を撒きに行っていないので、マティマナは確認するように訊いた。特に嫌な感じとか寒気とか、そういうのは感じない。しかし下の階で工事でもしているような響きの音が聞こえている。

「この階の下は、岩盤のはずですね」

法師も不思議そうにしながら応えてくれた。

あ、やっぱりここより下に部屋はないのよね。

部屋があるなら、魔法を撒いたろうから記憶違いではなさそうだ。だが、ならば、いったいなぜ音がしているのだろう？

「何の音だろう？」

ルードランは首を傾げながら訊く。

ごご、というか、ずっずっずっ、というか、低い音。ただ勢いとしては弱そうな感じだ。

法師は、床に耳をつけて音を聞いたり、何か法術を放って確認したりしていた。

「何も反応がないですね。音の原因に思い当たるものがありません」

法師は更に首を傾げている。

「様子を見るしかないね。ただ、当分、立ち入り禁止にしようか」

時々騎士たちに見回りさせることにして他の者は出入り禁止と、ルードランが決めてくれた。

第2章 聖王院への挨拶

「聖王院から、招待状が来ているようだね」

ルードランが法師ウレンへと確認するように訊いた。

「ええっ？　早速、お招きなのですか？」

まだ大夜会から、そう何日も経っていない。

「はい。ルードラン様と、マティマナ様を、小式典にお招きしたいとのこと。おふた方には、ぜひ奉納舞いを、とのことです。転移で私が、お連れします」

馬車での移動ではないことに、マティマナは少しホッとした。ライセル家の馬車の乗り心地は最高なのだが、聖王院のあるカージュガイの都は、王都の隣でそこそこ遠い。

神獣などで空の移動が最近は一般的になっているが、一度も乗ったことがないから、それも怖い。

「修道院が本格的に始動するのも合わせての式典です。聖女育成のための修道院ですから、ぜひともマティマナ様とルードラン様にご出席いただきたいとのことです」

法師ウレンは嬉しそうな表情だ。

「衣装は問題ないし、移動手段も確定しているなら、あとは踊りの練習くらいかな？」

ルードランは少し思案しつつも落ち着いている。

「ああぁっ、頑張りますっ！」

聖王院は王都・王宮と同等に権威があり、あまりに雲上の存在だ。そこに招かれる、など、あり得なさすぎるという感覚で眩暈を感じてしまう。

「食事会などもなしの軽い式典ですから、気楽に参加なさってください」

気楽に、と言われても、聖王院は元々女人禁制の場だ。

修道院ができ、女性の法師である聖女の育成に入ったという経緯はあるにしても、緊張するなというのは無理がある。

それでも聖女を目指す女性たちに逢えるらしいので、マティマナは待ち遠しいような気分にもなっていた。

「ルーさまは、どのような衣装になるのですか？」

空き時間に、広間で踊りの練習をしながらマティマナはルードランに訊いた。奉納舞いの曲は決まっているが、同じ曲ばかりでは退屈だろうと、ルードランは色々な曲を演奏させている。

「本来、貴族に正装はないからね。だけど、王宮や聖王院へ出向く用の衣装は常に整えられているよ」

ライセル家ともなれば、王都・王宮へも聖王院へも頻繁に訪れる機会があるという。マティマナは気が引き締まる思いだ。

「それは、とても楽しみです！」

緊張はするが、ルードランの特別な衣装を見ることができるとなればウキウキする。ライセル家が王宮や聖王院に出向くときには、他の王族由来の大貴族たちも勢揃いするのだろうから、気合いの入った出で立ちになるに違いない。

そういう場での衣装となると、マティマナの想像力が追いつかなかった。

「マティマナの正装をまた見ることができそうで嬉しいよ。今回、僕はマティマナの正装に合わせた衣装になるはずなんだ」

ゆったりとした、ふたりで踊り続ける曲に合わせて身体を動かしながら、会話が弾む。

ルルジェの都を視察して回るより先に、都を越えて聖王院へと出向くことになった。

だいぶ緊張はするけれど、ルードランと一緒の訪問だ。ルルジェの都から出たことのないマティマナにとっては、わくわく感のほうが強い感じではあった。


聖王院行きのルードランの衣装は、マティマナの正装に合わせていた。マティマナの正装の緑を引き立てる色合いながら、派手めの柄と刺繍(ししゅう)がふんだんな豪華衣装だ。

「ああ、ルーさま、とても素晴らしい衣装です」

マティマナはうっとりと、ルードランを眺めて呟(つぶや)いた。宝石類も飾られて超豪華なのだが、容姿が全然負けていないのがすごい。何より、聖王院に行くというのに全く緊張していない様子なのが頼もしかった。

「正装のマティマナと踊るの、ずっと愉(たの)しみにしていたよ」

大夜会のときは、正装に着替えはしたが踊っていない。ルードランは早く、正装のマティマナと踊りたいようだった。マティマナは、ひたすら緊張が高まってくる思いだ。

法師の転移で、着飾ったまま一気にカージュガイの都にある聖王院に着いた。

城壁のようなものはなく、森のなかに巨大な建築物がいくつもある感じだ。法師は、もう一度転移し、どこかの控えの間へとルードランとマティマナを招き入れた。

「ここは、修道院側の儀式を行う大伽藍(だいがらん)に続く控え室です。しばらく、お待ち願えれば」

ウレンは丁寧な礼とともに告げた。彼の緑の正装は地味めな形ではあるが気品がある。

ここは控えの間とはいうものの広大な部屋だった。調度類のようなものはないが、荘厳(そうごん)で清浄な雰囲気に満ちている。

扉越しに、訓示する声が聞こえてきていた。聖王法師ケディゼピスの声だ。

「修道院側の広間に入れる法師は限られているので、定期式典ではありますが、今回は小規模です」

控えめな声音でウレンは説明してくれた。

「なぜ、限られているのですか？」

マティマナは何の気なしに訊きかえす。

「鍛錬の浅い法師には、女性の姿は眼の毒でして」

言葉を少し濁すような、言いにくそうな表情で法師は応えた。

「あ。元々女人禁制でしたものね」

マティマナは色々察したように呟く。

「ですが修道院が正式なものとなるのを祝して、聖女さまの奉納舞いが望まれているのです」

聖女を目指す女性の法師見習いのための式典であるから、尚のことマティマナが必要なのだとわかった。

「わたし、学んでないのに聖女だなんて」

やはり、ちょっとおこがましく感じてしまう。

「いやいや、聖王院で対処できない呪いの清め手は貴重です！」

法師は、ふるふると首を振りながら力説している。

奉納舞いでは、魔法を撒いてもいいですからね、と、言葉が足された。

マティマナの雑用魔法は元々ライセル家由来の耳縁飾りから来ているし、聖なる力はマティマナ自身のものらしい。呪いの清め方など、教えろといわれても方法がわからない。

聖王法師ケディゼピスは雑用魔法を聖女の技として認定してくれたし礼賛してくれている。とはいえ、雑用魔法とは言わないほうがいいのかな？

マティマナは少し思案していた。


会場のほうで、ルードランとマティマナを紹介する声が響いている。法師が先導し、ルードランとマティマナは大伽藍というに相応しい会場へと入っていった。

響めきは、マティマナの正装と手にした聖女の杖への称賛の声を含んでいる。

質素な緑の長衣に帯を巻いた姿の少女たちが、一カ所に固まっていた。かなり幼い少女から、少し育った少女まで、年齢はバラバラなようだ。

少し離れたところに、大人の法師たちが集っている。当然ながら全員男性だ。

「ライセル家の次期当主ルードラン殿、この度、聖女認定されたマティマナ殿。修道院の祝いのために、お越しいただき感謝いたします」

聖王法師ケディゼピスは、丁寧な礼とともに和やかに告げた。

「お招き、ありがとうございます」

ルードランが、朗々と応える。マティマナは合わせて礼をした。

「マティマナ殿には、ぜひとも正装による奉納舞いを願いたく。お二方、よろしくお願いいたします」

ケディゼピスの声が響くと、法師と少女たちは、それぞれ所定の位置へと移動する。

さっそく楽団が、ライセル家とは少し違う雅な楽器で、馴染みの曲を奏ではじめていた。

前奏を聴きながら、ルードランはマティマナを誘導し中央へと進む。

マティマナは杖をいったん、手首の飾りに戻して踊りはじめた。

夜会とは全く別種の雰囲気に飲まれそうになるが、ルードランの手の感触と、向けられる笑みに、意識はふわりと緊張から解き放たれる。

「ああ。すごく綺麗だよ」

踊りだしてすぐに、ルードランは感嘆した響きで囁いた。

実際、踊ってみるとドレスの裾は信じられないほどに美しく舞いあがる。飾られた宝石を煌めかせながら、音楽に合った優雅な波のような動きだと、マティマナは感じていた。

「不思議。とても踊りやすいです！」

大伽藍か、正装か、ルードランと一緒だからか、理由は謎ながら思うように手足は動いた。とても身体が軽い。

ただ、この後は、長い刻をひとりで踊ることになる。

「マティマナの正装での踊りを、一番間近で見られて嬉しいよ。いつも以上に自由に踊るといい」

ルードランに送り出されながら、マティマナは手首の飾りを杖に戻して片手に持ち、ひとりの部分、奉納舞いを踊りはじめた。

聖女の杖は、まるで身体の一部のように踊りに沿ってくれる。

きらきらと、さまざまな雑用魔法が混ざりあいながら撒き散らされていた。

感動したような溜息が遠くから聞こえてくる。

マティマナの踊りはすでに即興で、天からの啓示を受けて動いている感覚だ。導きのままに四肢はしなやかに、そして派手に曲線を描く。正装の衣装は信じがたいほどの華やかな動きで、魔法の光と絡みあって別世界を造り出しているのがわかった。

陶然と舞い踊り、マティマナは心地好さに浸りながらルードランの腕へと戻る。そしてふたりの部分を幸せな気持ちで踊りきった。

静寂の後で、大喝采が起こる。少女たちの、感動した嬉しそうな煌めく声が響いてきた。

「素晴らしい。天女の舞いを見ているようでした」

聖王法師ケディゼピスは、近づいてきて告げる。

「恐縮です。奉納舞いになっているといいのですが」

ほとんど勝手気ままに踊っているようなものだから、少し心配だ。

「素晴らしかったです、マティマナさま！」

年長らしき少女が、大きな花束を持って近づいてきながら弾む声をかけてくれた。マティマナは杖を腕輪に戻すと、差し出された豪華な花束を両手で受け取る。

「まあ、なんて綺麗！　ありがとうございます」

「この子は、ライリ。次の聖女候補ですよ」

聖王法師ケディゼピスが笑みを浮かべて紹介してくれた。

「ライリラウン・バルシです。お見知りおきを」

とても可愛らしい声だ。蜂蜜色の長い巻き毛、薄紫の瞳。少女は満面の笑みで礼をとる。質素な緑の長衣を纏い、人形のように整った顔立ちだ。

「たぶん数年もすれば、ふたり目の聖女認定になるだろうね」

聖王法師は期待を込めた響きの声で告げた。

「よろしくお願いします」

もう一度、丁寧な礼をしながらライリラウンは可愛らしく笑んだ。好意的で憧憬を含むような視線をずっと向けてくれている。

「こちらこそ、よろしくお願いします」

マティマナは少し緊張しながらも、笑みを深めて礼をとった。

ルードランが聖王法師ケディゼピスと話をしている間に、ライリラウンはマティマナを修道院へと案内してくれている。修道院は男子禁制なので、ルードランは入れない。

そして、聖王院の本館へはマティマナが入れない。

色々と制約があるなかで、修道院で聖女育成を始めたというのは、画期的な話だろう。

ずっと、法師は男性特化だった。

「マティマナさまのお陰で、修道院のほうも色々と充実したの。感謝します」

ライリラウンは案内しながら、こっそりと教えてくれた。図書室の巻物数が増えたり、学べる学科が増えたりしたらしい。

「まぁ！　お役に立てているなら嬉しいです！」

修道院の側も敷地面積は広大で、設備も良さそうだった。新たに作られたというし、不自由はなさそうな感じだ。聖女仲間が増えるのは、かなり嬉しい。

「マティマナ、帰るよ～！」

ライリラウンに送られて合流すると、ルードランが手を振っている。

「じゃあ、また逢えるのを楽しみにしていますね」

マティマナはライリラウンへと告げると、ルードランと法師の元へと歩いていった。

「ギノバマリサ様が、本日、ご到着になります」

聖王院から戻ると家令が伝えてきた。

「あら、楽しみね！」

マティマナはギノバマリサと再会できると知って声を弾ませる。

「早急に内輪でのバザックスさまとの婚儀を希望されておりまして」

家令の言葉から察するに、即座にバザックスとの婚儀となる気配だ。ギノバマリサのたっての願いで内輪の婚儀となり、レノキ家の執事が手配したとのことだった。

「あ、バザックスさま、先に結婚なさるのね」

マティマナは特に他意はなく呟く。色々と曰くありげな大貴族同士の結婚なので、傍で思う以上に事情は複雑なのだろう。

「すまないね、当主の引き継ぎに手間取っている。僕たちの挙式は、当主引き継ぎと一緒にする予定だからね」

ルードランは傍らで自分たちの婚儀が遅くなっている理由を申し訳なさそうに呟いた。

「そんな！　わたし、いくらでも待ちます」

ずっとルーさまと一緒にいられて幸せです、と、小さく言葉を足した。婚儀前だけれど、実家に帰ることもなくライセル城で暮らしている。毎日ルードランに逢えている。実家の事情なのだから、申し訳なく思う必要などないとマティマナは思っていた。

「僕が、待ちきれないのだよね」

マティマナの手を取りながら、ルードランは微かに溜息交じりだ。

「バザックスさまとマリサの式、愉しみですよ？」

とはいえライセル家とレノキ家、天下の五家同士の婚儀など想像を超えている。

「内輪だから、質素な挙式になるよ。互いに身内だけの参列だね。どうも、マリサが強硬に内輪で早急に、と婚儀を望んでいるらしくてね」

レノキの姓を残したままライセル家に嫁ぐ、という特殊事情があるから公にしたくないのかな？と、ルードランの言葉を聞いてマティマナは密かに思う。

「でも、身内だけ……っていっても、レノキ家の方々がいらっしゃるわけですよね？」

レノキ家はライセル家と同様に、天から認定された五家のひとつ。特別な存在だ。ライセル家にまだ嫁いでおらず上級貴族になったばかりのマティマナからみれば、雲上人に等しい。

「そうだね。マリサの年上の甥であるレノキ当主のナタット殿も、マリサの兄で王家に婿入りしたマローム殿も来るだろう」

レノキ家当主だったマロームと婚姻した王族は、ユグナルガの王ベアイデル・クレンの従姉妹だ。

ベアイデル王は、王都・王宮に御座しユグナルガの国を統べる存在。五家や天の指定である【仙の統治する都を束ねる頂点だ。

その王の従姉妹が参列する。

「わわっ、内輪が……ちょっとすごすぎますね」

王族まで参列するとわかって緊張感が高まった。内輪ということになれば、逆に遠巻きにすることもできない。

本来、五家の者同士の婚儀であれば、そうとうに派手な婚儀となるはずだ。多数の来客を招き豪華な演出で天下に知らしめる必要がある。それなのに内輪での婚儀というのはよく許可されたものだと思う。王族の参列があるからには内密ではない。王都・王宮が内輪の婚儀を了承していることになる。

例によってレノキ家の遣り手の執事が、大きな衣装箱と共にギノバマリサ・レノキを転移で連れてきた。

衣装箱は、ライセル家の使用人の手で即座に仮のギノバマリサ用の部屋へと運ばれていく。

執事は軽く挨拶すると、ギノバマリサをライセル家に托して即座に戻っていった。

「お義兄さま、お義姉さま、また逢えて嬉しいです！」

金髪の巻き毛は半結いで綺麗な宝石を飾っている。翠の瞳はきらきらで、豪華衣装は背の低めなギノバマリサによく合う色と形。艶やかな魅力を感じさせている。

「これからよろしく頼むよ」

ルードランは、にこやかに告げた。

「こんなに早く再会できて嬉しいです、マリサ」

「もう、レノキ家に帰らなくて済むから嬉しくて」

「すまないね、バザックスは研究に夢中になっていて。せっかくマリサが来たっていうのに」

ルードランが、バザックスが迎えに来ていないことを申し訳なさそうに告げている。

バザックスは魔法的なものもライセル家絡みで研究していたが、レノキ家のギノバマリサと付き合うようになり、王家由来の五家でも違いがあることに興味を持ってそのことの研究も始めているようだ。きっと、新たな研究に夢中になっているのだろう。

「気にしないで。私が、バズさまのお部屋を訪ねますから！」

すっかり勝手知ったる我が家のように、ギノバマリサはライセル城に馴染んでいた。バザックスのことも、いつの間にか愛称で呼んでいる。大貴族の令嬢なのだが、タタタッと軽く走るようにバザックスの部屋を目指して階段を上がっていった。


閉鎖している客用棟の地下室は、床からの音は止まったらしい。

報告を聞き、マティマナとルードランは少し思案げに見つめ合った。

「かえって不気味ですね」

「そうだね。監視の機会を増やそうか」

あんなに奇妙な音が、聞こえるはずのない場所からずっと響いていたのだから、止まったと報告されても全く安心できない気分だ。

調査させているらしいが、他の棟ではそういった報告はない。

城の敷地のかなり端にあるので、何かあったときに駆けつけるのに時間がかかりそうで、それも気がかりだ。

「主城から遠いですから、即対応が難しいですよね」

何かあったときに即座に駆けつけるには、ライセル城の敷地は広すぎる。

「最近は、マティマナと手を繋ぐと、簡単に転移ができそうな気がするよ？」

「そうなのですか？」

マティマナは吃驚してルードランを見上げた。青い眼が、嬉しそうな光を宿している。

「今度、試してみようか」

目的もないのに転移するわけにもいかないだろうが、手を繋ぐだけで転移ができそうというのは朗報だ。

「きっと、練習したほうがいいですよね？」

「他にも、色々できそうなのだけど、ひとりだと発動しない感じだね」

確認できていないだけで、ルードランがマティマナと共にいることで使える魔法は増えているらしく興味深い。

「ああっ、じゃあ、一緒に練習しましょう！　色々試すのがいいですよ！」

もちろん、お時間あるときに、と、マティマナは小さく言葉を足した。ひとりで色々試してみての結論なのだろう。ルードランは嬉しそうな表情だ。一緒にいられる機会を増やせそうで、マティマナはどきどきしながらも、うきうきしていた。

「バズさま、浮気ですの。悔しいわね」

バザックスとの婚儀のため早々にライセル城に来たギノバマリサは、翌日、少し沈んだ調子でマティマナへとボソリ呟いた。

「え？　嘘でしょ？」

マティマナは強烈に衝撃を感じてくらくらしてしまっている。婚儀が決まっても、バザックスの側室狙いの侍女たちが虎視眈々と機会を狙っているのは確かだ。

バザックスさまに限ってそんな、浮気だなんて！

とても信じられないけど、本当だとしたら、なんとかしなくては！

マティマナは、頭のなかでグルグルと堂々巡りの思考を繰り返していた。

「ふふっ、研究が恋仇でしたら、勝ち目はございませんの」

ギノバマリサは、マティマナの狼狽を横目に愉しそうな表情を浮かべて囁いた。惚気られたようだ。

「あ……、それは仕方ないわね。ああ、よかった……」

マティマナは、くらくらしたまま、しかし心底安堵して、溜息とともに呟いた。

バザックスとギノバマリサは常に互いに語り合い、研究仲間のような仲の良さなのだから心配する必要などなかったのだ。

バザックスは研究とギノバマリサの他には、全く無関心なのだし浮気などあり得ない。

研究は少しずつ形になり、以前バザックスが学んでいたという学術都市アーガラや王宮宛てにも論文として届けているようだ。

今後、ギノバマリサと婚姻することで、きっと研究にも良い方向に拍車がかかるだろう。

ギノバマリサは、侍女が呼びに来て婚儀の衣装合わせへと向かっていった。

代わりに、ルードランが近づいてきている。

「何を驚いていたのだい？」

遠目に見られていたのかな？　それとも、あまりに蒼白な心持ちになっていたから伝わっちゃったかな？

「あ。マリサの悪戯な悋気に、引っかかってしまっただけです」

「ああ、バザックスの浮気？」

「ルーさまも、マリサに？」

「さっき、引っかかったばかりだよ」

ルードランは愉しそうに頷いた。

「あら、やっぱり引っかかってしまったのですね」

「迫真の演技だね、マリサは」

愉しい日々になりそうだね、と、ルードランは囁き足していた。

理不尽に婚約破棄されましたが、
雑用魔法で
王族直系の大貴族に
嫁入りします！

第3章

バザックスとギノバマリサの婚儀

魔法の練習をしてみようか、というルードランの提案で、比較的地味な衣装を着せられ中庭に誘われた。

ルードランの衣装も上品ながら目立たない雰囲気になっている。

「ルーさま、どんな衣装でも、とてもステキです！」

かえって美貌が引き立ちすぎてしまう感じはした。

「マティマナこそ！　何を着ていても本当に綺麗だよ」

いつもながら手を繋ぎながら中庭の中央辺り。

「どんな魔法が使えそうなのですか？」

転移の他にも、試してみていることはあるようだ。だが、どれもマティマナと手を繋いでいるときに発動しそうな感じらしい。

「試してみたかったのは、これ！」

特に、どんな、とは言わないままだが、ルードランと手を繋いだまま身体が浮かび上がっていく。

「あ、これ、ルーさまが？　ああ、すごい、どんどん浮いていきます！」

ふわふわと浮かび上がっていくが、足元に見えない床がある感じだ。城の二階、三階、四階、と、見る間に上がっていき、やがて城を見下ろす形になった。

「まだ自由に飛べる感じではないのだけれど。やはり浮くことができたね。ちょっと手を離すよ」

「え？　手を離して大丈夫なのですか？」

「浮いて止まっているときは、たぶん平気」

たぶん、との言葉が少々不安ではあったが、繋いだ手が離れても浮いたままだった。ルードランは、見えない床が、どのくらいの広さなのか足先で探るような仕草だ。

「わりあい広いみたいだね。でも、端まで行っても落ちはしないみたいだ」

「すごいです！　きっと、何かに必要なのでしょうね。遠くまで見渡せて、気持ち良いです」

思いのほか、マティマナは高いところが好きらしい。最初こそ不安はあったが、ルードランの魔法ということでの安心感もありマティマナは少しも怖さを感じていなかった。今は塔の最上階よりは低いけれど、きっと練習すればもっと高くまで上がれるようになるのだろう。

手が繋ぎなおされ、ゆっくりと下降していった。

「じゃあ、次は転移を試してみようかな？」

ルードランは手を繋いだまま笑みを深める。

ルードランの転移は、ロガの事件以来だ。マティマナを抱きしめたルードランは、雑用魔法が付着したロガを追いかけて転移した。

「転移の行き先って、好きに選べるのですか？」

「行ったことのある場所には限られるみたいだね」

そう囁(ささや)くと、ルードランは早速(さっそく)マティマナと手を繋いだまま転移していた。

「あら？　ここは？」

城の外、というか、かなり賑(にぎ)わっている場所の近くだ。

「ああ、うまく転移できたようだね。今日は、骨董市が開かれていると聞いたから、マティマナと来てみたかったんだ」

「ルーさま、骨董市、来たことあったのですね！」

「旅に出たとき、丁度、ここの骨董市を見たよ」

ルルジェの都内だろうが、マティマナの知っている骨董市よりも規模は大きそうだ。

地味な服装は、骨董市にお忍びで出かけるためだったのかな？　と、気づいた。ふたりの衣装は、周囲の雰囲気からさほど浮いていない感じだ。

広大な空き地に、所狭しと茣蓙を敷いたり、低めの卓を用意したり、各自工夫しながらさまざまな品を並べている。手を繋いだまま、ルードランはゆっくりと歩いていく。

骨董品のなかに光って視える品が、あちこちにあった。

「ルーさま、なんだか不思議な品がたくさんあります」

「そのようだね。マティマナの眼には光って視えているようだ」

手を繋いでいるからか、ルードランにもマティマナの視界での様子がわかるらしい。

（あ、光った石が……）

小振りな石だ。色合いは綺麗だけれど、置物にするには地味かもしれない。でも、どうして光っているのだろう？　マティマナは神々しい光が気になって足を止める。『ご自由にお手に取ってご覧ください』と書いてあるので、軽く膝を曲げて低い卓から光る石を手にしてみた。

（私は空鏡の魔石です！　マティさま、買い取って私を所有してください！　骨董市は居心地が悪

すぎます）

手に取った途端に心に語りかけられた。

名前を呼ばれて驚いたが、声は出さずにいる。ルードランには、心の驚きは伝わったろう。

しかし、空鏡の魔石？

魔石は世に多く流通しているらしいが、本来非常に高額で庶民には手が届くような品ではない。

所有する者にそれぞれ固有の魔法を提供してくれるという。その際には、心に語りかけてくるという噂だった。確かに、心に語りかけられた。

魔石というからには何か魔法が使えるのだろう。だが、空鏡の魔石、という名乗りからだけでは、どんな魔法を提供してくれるのやら見当もつかない。

「ああ、じゃあ、その石を買おう」

手を繋いでいたし魔石からの言葉は聞こえていたのだろう。ルードランは、売人と話をつけてくれている。無事に買い取れたらしく、魔石は乱雑に紙に包まれてマティマナに渡された。マティマナは、お使い用の買い物籠を雑用魔法で出して紙に巻かれた品をおさめた。

「ルーさま、ありがとうございます！」

歩きだしながら礼を告げる。

「魔石なら、普通、こんな金額じゃ買えないね。ちょっと余分に渡してはおいたけど」

ルードランは悪戯っぽい表情で笑んだ。

「そうですよね。たぶん、店主さん、魔石だって知らなかったんでしょうね」

魔石は使いこなせる条件を満たさない者には語りかけてこない。知らずに綺麗な石として売っていたのだろう。

「どんな効果なのか、だいぶ気になるね」

「バザックスさまの研究によいのかも？」

ルードランと会話しながら歩く間にも、たくさんの店に光る品が売られているのがマティマナの視界に入る。皆、それぞれに異彩を放って視えるが、付けられた値は、十把一絡げだ。

(うわぁ、なんでこんな値段なの？　ていうか、わたし、どうしてこんな査定ができちゃってるの？)

雑用魔法の範疇ではなさそうに思うのだが。ルードランと手を繋いでいると、マティマナのほうにも何か特別な力の発動があるのかもしれない。

マティマナが頻繁に驚いているのが、ルードランとしては愉しいようだ。

何やら色々発見しつつ、ずっと手を繋いだまま心で会話し買い物を続けた。

ルードランとマティマナは、自分たちには、お揃いの宝石箱を購入した。少し埃をかぶっていたが、綺麗になるはず。その場で雑用魔法を使うのはまずいので、城に戻ってから。

義父母には小振りな置物を土産にした。なんだか良さそうな高級品の気配がしている。

ディアートには、髪飾り。

「マティマナは目利きだね！」

「あ、えーと、なんだか光って視えたので」

光って視えていることは、ルードランもわかっている。価値がありそうなものほど、光は強く視えた。

「今度、宝物庫の謎の品とか、見てもらおうかな？」

ルードランは真顔で呟く。

「わぁ、鑑定なんてできませんよ？」

マティマナは慌てて首を横に振った。

「でも、不当な扱いの品は、きっとわかるだろう？」

何やら愉しそうにルードランは笑みを深める。

手を繋いだまま転移で城に戻り、お互い主城内用の寛ぎ着に着替えてから一緒に買い物の品を吟味した。

雑用魔法を混ぜてかけると、どの品も汚れが綺麗にとれて真っ新な状態になる。

少し薄汚れているほうが骨董品らしいのだろうが、綺麗になりすぎて新品同様になった。

「これは……どれも、一級品だね！」

「吃驚ですね」

骨董市の店主たちに申し訳なく思いつつも、良い品が手に入ったのは心から嬉しい。

「こ、これは！　高価だったのでは？」

空鏡の魔石を手にしたバザックスは、手を震わせて驚いていた。きっと、魔石から心に語りかけられているのに違いない。

「魔石だと店主は気づいてなかったようだよ。少し余分に支払っておいたけど格安だろうね」

マティマナが見つけたんだ、と、ルードランは誇らしげにバザックスに告げている。

「義姉上、素晴らしいものをありがとう。私が頂いて本当にいいのか？」

バザックスは少し震え声だ。かなり感動している気配をさせている。

「はい！　きっとバザックスさまのお役に立てる品な気がしました」

どんな魔石なのか、そのうち教えてくださいね、と、言葉を足しておいた。

ギノバマリサにも土産を届けた。掘り出し物の宝飾品と裸石の詰め合わせだ。マティマナは綺麗だから、という理由で土産にしたのだが、ギノバマリサは踊りあがって喜んでいる。

「まぁ、マティお義姉さま！　私が宝石魔法を使うって、ご存じでしたの？」

ギノバマリサは心底驚いた表情でマティマナを見上げていた。

「ええっ！　そうだったの？　綺麗で、マリサにピッタリだと思ったの」

ギノバマリサは宝石魔法を使うため、お守りとして鎖に宝石飾りをつけ首にかけているのだそうだ。いつも宝石を大量に飾っているのは、いざというときに魔法を使うため。嫁入りに際しても大量の宝石を揃えて持ってきたようだ。ギノバマリサが使うのは、エルフたちが使う宝石魔法に似ているらしい。

ライセル夫妻も、ディアートも、骨董市で購入した品を殊の外喜んでくれた。

皆の心から嬉しそうな笑みは、マティマナの心に温かいものをあふれさせる。喜んでもらえることが、こんなにも幸福感を運んでくるなど知らなかった。何をしても小言ばかりの実家とは随分な違いだったのだが、そんなことすら忘れるほどに。

「また、骨董市が開かれたら出かけてみようか」

ルードランはそんなマティマナへと笑みを向け、そっと囁いてくれた。


大夜会の際に拡げた広間の更に奥。極秘の仕切りを外すと、神殿風の設(しつら)えが現れた。

「ああっ、主城のなかに神殿があったのですね！」

バザックスとギノバマリサの婚儀の準備の場に、ルードランと一緒に立ち会っていたマティマナは、思わず声をたてる。仕切りを外しただけで、立派な神殿の風景に早変わりだ。

「神殿は疑似的なものだけれどね。近くの神殿から巫女(みこ)が来てくれることになっているよ」

仕切りによって壁のなかに収納されていたような状態らしい。

内輪の婚儀で参加人数は少ないが、夜会より広々とした空間が用意されている。

「挙式用の衣装があるのですか？」

「マリサは、持参したようだね。バザックスの分は、だいぶ前から用意されているよ」

「わぁ、きっとお似合いですよ！」

さすがに兄弟というかライセル家の者というか、ルードランとはひと味違うけれども、バザックスもどんな派手な衣装でも難なく着こなす。

「僕たちも、一応、参列用の衣装合わせがあるからね？　マティマナの衣装、間に合ったらしいよ」

衣装合わせ、との言葉に、マティマナはぎくり、と、身構える。

「あ、えと、ドレス風のものですか？」

「そうそう」

内輪の者たちへも、ルードランはマティマナを自慢したい気満々で極上の笑みだ。

マティマナにしてみれば、参列者のすべてが雲上人なのだから緊張が高まるばかりだった。

バザックスとギノバマリサの婚儀の準備は内輪で進められているはずなのだが、祝いの品などは噂を聞きつけた者たちから届けられはじめている。

参列する者たちも、あらかじめ贈り物は届けておく仕来り（しきたり）のようだ。

ライセル家とレノキ家の婚姻ということで、五家ある王家由来の大貴族である、ウルプ家、フェノ家、ソジュマ家からも参列はないが贈り物は届けられていた。

ユグナルガの五家のうち、ライセル家、レノキ家、フェノ家は、比較的王都に近い立地だ。なかでもフェノ家は、王位継承権のある王女ふたりへの婿入りがなされたことで最も権力がある。

ウルプ家と、ソジュマ家は王都からは遠く離れた立地だ。ウルプ家は王都から遠いながら、五家のなかでは最も裕福で、西の王宮と呼ばれ栄えている。

バザックスとギノバマリサは、極秘のような内輪の結婚式を早々に挙げた。

内輪で人数は少ないながら、参列者は豪華すぎる面々だ。

ギノバマリサの年上の甥(おい)であるレノキ家の当主ナタットも来ている。執事が付き添い、レノキ家由来の豪華衣装での参列だ。ナタットは、背の高い執事にピッタリとくっついていた。

王宮からは前王の弟の娘である王族ニアルド・クレンが、婿入りしたギノバマリサの兄でレノキ家の前当主であったマローム・レノキと共に夫婦での参列だ。ふたりとも、王族として金一色の装束を身につけている。王族へと婿入りした場合、姓は元のままだ。王族にはなるが、王族としての姓を名乗ることは許されない。

このあたりは、ルードランとマティマナの婚儀には参列しない者たちだった。

「いらっしゃい、叔母上、叔父上」

ルードランがマティマナを連れて挨拶しているのは、ディアートの両親だ。普段の夜会などはディアートに任せて滅多にライセル城には来ないが、分家としてルルジェの都の外れの離宮に住んでいる。

「ディアートさまには、お世話になっております」

マティマナにとってディアートは、欠かせない教育係だ。丁寧に礼をした。マティマナはルードランと揃いの衣装だが目新しいドレス型だ。華美になりすぎない程度に豪華な衣装になっている。正装ではないので、ちょっとホッとした。正装は目立ちすぎる。

「母上、父上、お久しぶりです」

ルードランの従姉妹(いとこ)であるディアートは嬉しそうに挨拶している。美しい所作だ。綺麗な衣装を引き立てている。気配からして関係は良好そうでホッとする。

（ディアートの母君が、ライセル家当主の妹だよ）

ルードランは、さりげなくマティマナと手を繋ぐと、こっそり教えてくれた。

ディアートの母は、ルードランの父である現ライセル家当主の妹、夫は富豪貴族で婚儀によりライセル家に婿入りしたようだ。

ディアートの両親も、マティマナとルードランに柔らかな笑みを向けてくれていた。

雲上人ばかりが集う場で、マティマナは不思議と引け目を感じることもなく和やかな気持ちになれている。集う者たちがマティマナへと向けてくる視線には、なぜだか敬愛めいた色合いが含まれているように感じられた。

（皆、聖女認定されたマティマナに一目置いてくれているようだよ？）

（えっ、そうなのですか？）

心へと囁かれたルードランの言葉にマティマナは瞠目する。戦々恐々として迎えたのに穏やかな心持ちでいられるのはそのためらしい。

（聖女が存在する場となれば、参列者の方々のほうがよほど緊張を強いられていると思うよ？）

ルードランは笑む気配で心に囁くが、マティマナはそんなまさか……という思いだ。

（祖父母もルルジェの都に住んでいるのだけど、今日の参列はなしだね）

ルードランは話題を元に戻した。先々代も、ルルジェの別の離宮に住んでいるらしい。

ライセル家の現当主夫婦、ルードランとバザックスの実の父母もいる。聖王院からの代理として、お抱え法師ウレン・ソビも密かに参列していた。代理ができるほどには地位の高い法師だ。ライセル城に派遣されているが所属はあくまで聖王院となっている。

（そういえば、ディアートさまは結婚なさらないのですか？）

ライセル家の次期当主の従姉妹であれば、引く手あまただろう。

気になってはいたが、当人に訊いては拙い気がしていた。

（好きな人がいるらしいのだけどね。口を割らないらしいよ）

ルードランも理由は知らないようだが、ディアートが独り身なのには何か理由があるようだ。

好きな人待ち？　身分違いの恋？　いや、ライセル家なら、わりあい身分は問わないだろう。どんな極秘な恋なのか、かなり気にはなったが黙っておくことにした。


神殿風の広間へバザックスと共に入場してきたギノバマリサは、レノキ家渾身の出来映えの婚礼装束だった。バザックスも、ライセル家による渾身の衣装。不思議に調和している。

地方神殿の巫女が、内輪の式を執り行っていた。

婚儀のふたりは並んで巫女へと間近で向かい合い、参列した者たちは少し遠巻きに佇んでいる。

巫女の綺麗な声が、長い祈りの言葉を途切れることなく紡ぎ続けていた。

「バザックス・ライセル様、ギノバマリサ・レノキ様の婚儀を、天上へと報告いたしました。了承の証でございます」

巫女の持つ錫杖型の杖がしゃららと音を立てると共に、神殿風の設えのなかから光があふれ出し、バザックスとギノバマリサを包み込んだ。

マティマナがチラリと視線を向けると、参列しているディアートは、ほんのり幸せそうな表情を浮かべていた。

くどくどしい儀式はなく、巫女が天からの了承を得ることで婚儀の証となり、巫女のいくつかの所作を経て、ほどなく式は終了した。

（あら、キスはしないの？）

マティマナは、こっそりルードランと手を繋いだままなので、そっと訊く。

（キスは、僕たちの挙式のときだけだよ）

ひゃあっ、でも、わたしたちはキスするのね、と、マティマナは心の奥底で、ルードランに聞こえないように騒いだ。

会場では、当主同士が軽く言葉を交わし、兄マロームが妹ギノバマリサへと声をかけている。いや、ライセル家当主と会話しているのは、レノキ家の執事だ。

ルードランとマティマナは、ディアートと共に少し離れて内輪の会の成り行きを眺めていた。

「お兄様、お久しぶりです」

「すっかり大人になったね」

「あら、あまり変わってませんのよ？」

金茶の髪、金装束の兄マロームと、ギノバマリサが軽く交わす言葉が聞こえてきている。ふたりとも同じ翠（みどり）の眼だ。軽い笑みを浮かべているが、珍しくギノバマリサは緊張しているように見えた。

「お義姉様、ご無沙汰しております」

マロームの隣にいる王族のニアルドへと、ギノバマリサは丁寧な礼をする。

「素晴らしき日。お招き感謝する」

金がかった茶色の髪のニアルドは、橙色の瞳で愛しそうにギノバマリサへと笑みを向けていた。

バザックスは、レノキ家当主と執事とに挨拶している。

そこにギノバマリサはさっさと合流した。

「良き縁に、感謝します」

バザックスがレノキ家の執事へと告げている。縁談の計らいは、レノキ家の執事によるものだとわかっているようだ。

「マリサ、幸せにね」

「ナタットさまも、お幸せに」

甥のナタットと、ギノバマリサは同じような年の頃。とても仲は良さそうな気配だ。名残惜しそうに、ふたりは視線で何か言い交わすような気配をさせていた。


バザックスとギノバマリサは、主城から出て豪華な特別棟へと引っ越す。

ライセル城の敷地内で、一際、綺麗な建物だ。主城に近いから生活自体にはあまり変化はないはずだ。

宴会はなしで、各陣営へと振る舞いをする形だった。来客がすべて帰ると、バザックスとギノバマリサの周辺は、一気に慌ただしくなる。

「片づけなら、いくらでも手伝います！」

マティマナは張り切って声をかけるが、といっても引っ越す別棟は綺麗で、独立した小ぶりの城だ。ディアートが暮らす城風の邸よりは、もう少し大きいが準備は整っている。

マティマナは現在、主城の二階に部屋を与えられているが、結婚したらルードランと一緒に主城の最上階へと移る。

今の当主たちは、しばらく主城に残った後、やがては別棟、更にはルルジェの離宮と移り住み、ノンビリ余生を送る形になるらしい。

「ああ、これで、もう、レノキ家に帰らなくてすむから嬉しくて！」

ギノバマリサは、伸び伸びと晴れやかそうな表情だ。引っ越し荷物のうちで、他の者に触れさせられない小荷物を運びながら声を弾ませていた。

「書類を引っかき回されたときは、義姉上に整頓を頼みたい」

バザックスは、書類や巻物が運ばれていくのを、はらはらと見守っている。

部屋の移動自体は、さほど時間はかからない。城に暮らす者たちでの夕食会の後、バザックスとギノバマリサは新居にての初夜だ。

「マリサの特殊な事情で内輪の挙式だったけれど、告知はされるよ。王宮にはもちろん知らされているし」

ルードランに連れられ塔の最上階で都の夜景を眺めながら、マティマナは頷く。

「内輪の方々がすごすぎて緊張しました」

つい最近まで下級貴族だった身としては、別世界に迷い込んだままの気分だ。

「心配しなくても、皆、マティマナには一目置いているよ？」

きっと、皆のほうが緊張したのではないかな？　と、式の途中、心で会話したときにも言っていた言葉を足してルードランは微笑する。

マティマナは言葉の意味が謎すぎて小首を傾(かし)げた。

「次は僕たちだね」

早く結婚したいなぁ、と、ルードランはしみじみと呟く。軽く抱きしめられたかと思うと、唇に淡くキスが届けられていた。

理不尽に婚約破棄されましたが、
雑用魔法で
王族直系の大貴族に
嫁入りします!

第4章

異界通路と小さな魔物キーラ

『侵入者です！　地下から音がしていた棟です！』

騎士たちが緊急時にのみ使う魔法道具による知らせの声が、ライセル城中に轟いた。

「行こう」

「はい！」

ルードランは、一緒に食事を済ませたばかりのマティマナの手を取ると、問題の棟の外扉前へと転移した。丁度、法師も転移で同じ場所へと来たところだった。

「侵入者？　扉は開いていないね」

ルードランが不審そうに呟く。

「知らせは棟の地下から発信されています。侵入者は棟のなかに現れたようですね」

法師は状況把握を進めながら告げる。

「転移ですか？」

城壁の門を破ったわけではないようだから、マティマナとしては他に考えられない気がした。

「それは不可能だと思うよ」

しかし、ルードランは確信して呟く。確かに、ライセル家の魔法が支配する城の敷地内には、許可のない者が転移で入ることはできないはずだ。

「なかに入りましょう」

法師は、脅威があるとは感じなかったらしくルードランを促す。

扉は、見回りの騎士とルードランのみが開閉可能な設定だ。ルードランは頷いて封印された扉を開き、三人が入ると閉めて封印した。

「地下から何か騒ぐ声が聞こえてますね」

だが、確かに怖い声とかではなく、どちらかといえば弱々しい響きだ。

地下室に入っていくと、騎士ふたりが敬礼する。

床には、縛られた見慣れぬ服装の者——人間に酷似しているが、若干耳が尖っている——が、ふたり縛られて転がっている。

それよりも眼についたのは、床に開いた巨大な穴——！　ただ、ぽっかりと開いているのではなく、螺旋階段が下方へと続いている。

「なっ、なんですか、この穴！」

マティマナは吃驚したままに声をあげた。

先日まで、岩を削った風の床だった場所に、円形の大きな穴があり階段が完成している。

「これは、異界通路ですね。どこかの異界と、繋がったようです」

法師はそう断定して呟いた。

「異界の者たちが、掘り進んできたのですか？」

岩盤を刳り抜いて螺旋階段を造りながら空間を繋いだ？　マティマナは、混乱しながら訊いた。

「いえ。異界通路は勝手にできるのです。どことどこが繋がるかは謎です。繋がった先の異界でも大騒ぎでしょう」

「じゃあ、この侵入者は、異界通路から来たってことかい？」

床に転がされている者へと視線を向けながらルードランは訊いた。

何か、頻りに喋っているのだが、全く言葉がわからない。

「たぶん、繋がった先の異界の者でしょうね」

法師の言葉にルードランは頷いた。

「椅子をふたつお持ちして。縄を解いてあげてくれる?」

騎士へと命じ、ルードランは縄が解かれると異界の者たちに椅子を勧めている。言葉はわからないながら、異界の者たちは、素直に従った。

騎士たちが、一応、背後で見張ってくれているようだ。

「何か訴えているようなのですが、全く聞いたこともない言葉でして。申し訳ありません」

騎士のひとりが、申し訳なさそうに言った。

「いや、君たちの処置は正しかったよ。連絡も迅速だった。ありがとう」

ルードランの言葉に法師も頷く。

「言葉の問題は、後で解決しましょう。今は、異界通路への緊急措置が必要です」

法師は、思案げにしながら言葉を続ける。言葉の問題も、解決する方法があるらしい。

「異界の通路は、地下から出来上がったものが迫り上がってくることもありますし、空間に小さく開いた穴が拡がって造られていくこともあります」

法師はいったん言葉を切り、一呼吸おいて更に告げる。

「今回は地下から迫り上がってきた形ですから、通路を塞ぐことは、もう不可能です。ただ異界通路がこれ以上伸びないように工夫せねばなりません」

「放置するとどうなる？」

ルードランが法師へと訊く。

「天井を突き抜けてどんどん伸びます」

何らかの処置をしなければ天井を突き破り、いずれは屋根を突き抜けるということらしい。

「どうするのが？」

マティマナは不安を隠しきれないような響きで訊いていた。ただユグナルガの国の各地に、異界通路はあるのだから伸びない工夫はできるはずだ。

「ああ！　マティマナさまの修繕の魔法で、縁を固められませんかね？」

法師は、不意に良い思いつきを得たような表情を浮かべ、マティマナへと提案してきた。

「修繕の魔法？　こんな大穴だと修繕は難しいですよ？」

「縁だけでいいです。通常は、通路に魔法の働く扉をつけたり、魔気素材の枠を嵌めたりするらしいです。軽く魔法で縁が囲まれれば通路の成長は止まるはず」

通路が強引に繋がったため岩材の床には、円形の穴。床と通路の接する端は、ぎざぎざで見映えは良くない感じだ。

「やってみます」

マティマナは覚悟を決めて呟いた。確かに雑用魔法のなかから修繕の魔法を撒けば、最適な形にしてくれる気がしてきている。マティマナは修繕の魔法を、円形の縁に沿って満遍なく撒いてみた。

ふわわ、と修繕魔法が穴の縁を取り巻き、綺麗で細かな装飾縁になっていく。

「ああ、素晴らしいです。通路の進行が止まりました」

「これで、止まったのですか？」

あまりに楽勝だったので、目を見開きながらマティマナは訊く。法師は嬉しそうに頷いた。

ホッと一安心した法師は、急遽、聖王院へと巻物による連絡を放ったようだ。巻物を目的地や目的の者へ転移で送り込む術が可能であれば、迅速というか一瞬で連絡がとれる。

「今、聖王院から全国へと伝令が飛びました。どこかに、異界の言葉に精通している者がいないか調べてもらっています」

たぶん、法師は派遣元である聖王院へ連絡したのだろう。マティマナを聖女認定してくれた【仙】という存在の聖王院長ケディゼピス・エインであれば、そこから瞬時に、転移を利用した伝令を全国に飛ばせるはず。

「すごい、速攻ですね！」

とはいえマティマナはあまりの展開の速さに驚きの声をあげていた。

「王宮や聖王院をはじめ、各地を管轄する【仙】の方々の情報網は特急です」

【仙】の方々の使う魔法的な力は、天上の者の技に近いらしい。異界通路の存在は最重要事項とのこと。ライセル城の敷地内に異界への通路が繋がったことは最優先で即座に全国に知らされたようだ。たいして待たないうちに、マティマナの手へと巻物が飛んできていた。

「え？　どうして、わたしに巻物が？」

マティマナは理解が及ばず巻物を手にしたまま瞬きする。

「すごいですね。【仙】様は、聖女様宛てが最適と判断したのでしょう。本来ならば、聖王院経由で、こちらに来るはずなのですが」

法師は感心している。

本来とは違う方法で、巻物は来ているようだ。

「どちらからの知らせなんだい？」

ルードランの言葉に、「あ、開いてみますね」呟きながらマティマナは巻物を開く。

「カルパム領主のリヒトさまと、【仙】である大魔道師フランゾラムさま、連名です。『異界の通訳は必要？　すぐに送るよ？』とだけ書かれています」

知らせを聞き、速攻で送ってきたようだ。カルパムは城塞都市と呼ばれる究極的に栄えている都でルルジェからはかなり遠い。元々【仙】である大魔道師フランゾラムが統治していたが、数年前に弟子の魔道師リヒトに領主の座だけ譲った、と、ディアートに習った。

「ぜひ通訳をお願いしたいですね」

マティマナの言葉にルードランも頷く。

「僕とマティマナの連名で、返信してくれる？　通訳をよろしく頼む、と」

困惑した状態のマティマナにかわり、ルードランは法師ウレンに、カルパムへの返信依頼をしてくれていた。

「畏まりました。転移でも、他の手段でも、ここまで入れるように許可も付けましょう」

法師は、愉しそうな表情を浮かべ、送られてきたカルパムからの巻物へと触れる。その瞬間に、返信の巻物がカルパム領主へと転移で送られる形のようだ。

同時に聖王院へも通訳が見つかった旨を法師は転移の巻物で知らせている。

「通訳、どんな方なのでしょう？」

マティマナは想像がつかず首を傾げながら誰にともなく訊いた。

「カルパムの都には、最近、異界通路が開いたばかりです。当然通訳が必要だったでしょう。信頼できる方だと思われますね」

マティマナの問いに法師は笑みを向けて応える。

不安そうに椅子に座る不明な言葉の者たちとも、わりあい早くに会話が可能になりそうだ。マティマナは、ホッと一安心というところだった。

さほど待たないうちに、小さな破壊音がして地下室の天井から小鳥が落ちてきた。棟の壁と床を突き抜け、ここまで入ってきたようだ。

「思ったより、硬い床ねっ！　痛かったわよっ」

小鳥は少女のもののような声で独り言ちている。

ふわり、と、マティマナの目前まで舞うと、綺麗な羽の小鳥は即座に人間の形に擬態した。といっても、小さい。小鳥の姿よりは大きくなったが、抱き人形くらいの大きさだろうか。羽も出さずに浮いている。

「お招きありがとう！　通訳のキーラよ！」

キーラと名乗る小さな少女は、紹介状をマティマナへと渡しながら笑みを向けた。

少し長めの耳の上に捻れた角を持ち、鳥だったときの羽色の長い衣装を着ている。顔は人間に似ていた。ふわふわの橙色の髪で、瞳は緑。可愛い少女だ。

「そなた、羅生境の者ではないか！」

不意に法師の顔色が蒼くなり、少し震える声で詰っている。羅生境は極悪な魔物が棲むと言われる異界だ。聖王院にとっては天敵である存在だと噂されていた。ただ、今は羅生境に繋がる異界通路は存在しないはず。マティマナは習った知識を反芻しつつ不思議に思って首を傾げた。

「失礼ね！　確かに羅生境の魔物だけど。心配しなくても不浄じゃないわよ？　種族がちがうの。毒もないし。それに、わたし姫なんだから！」

キーラはぷいっと、少し膨れっ面で騒いだ。小鳥のように賑やかに囀る感じだ。

「ああ、それは失礼した」

法師は、じっとキーラと名乗る小さな少女を確認している。確かに毒などないこと、清浄であることが確認できたようだ。

「新しい異界と聞いて、飛んできたのよ！」

キーラは、わくわくした表情と声で告げる。紹介状によれば、異界の者の言葉も、人間界の者の言葉も、自在に与えることができるらしい。

紹介状には、マティマナの聖女認定の祝いの言葉も記されていた。

「キーラさん、異界のかたが通路から来たみたいだけど言葉がわからなくて」

「キーラでいいわよ、聖女マティ」

ちゃんと名前を知っているようで驚く。

「ああ、このかたたちね」

キーラは、人形のような身体から羽を出してふわふわと椅子に座るふたりへと近づくと、光の粒のようなものをそれぞれに放り込んだ。

「これで、人間界の言葉がわかるでしょ？」

にんまり笑って囁いている。

「はい！　ああ、言葉がわかります」

「なんて清らかな場所なんだ！」

言葉が通じるようになると、異界の者ふたりは感嘆の声をあげている。

「人間界でエルフと呼ばれる者と、人間とが混ざった種族みたいね。異界に普通に多いタイプよ」

キーラは、集っている者へと告げた。

「急に領地に穴が開いたので、敵国からの侵略かと危惧し螺旋階段を渡ってきたのです。大変失礼いたしました」

異界から来た者は、ようやく説明の言葉を聞いてもらえるとわかってホッとしているようだ。

「敵国？　戦争中なのかい？」

ルードランが少し気にかかる様子で訊いている。

「我々は、ガナイテール国グウィク公爵家に仕える者。公爵領に穴が開いたのです」

「戦争は、隣のベルドベル国とです。死霊使いの国です」

死霊使いの国？　ひゃあ、なんて物騒なところと繋がってしまったの？

会話を聞きながらマティマナは、蒼白だ。

「事情はわかったよ。ここは人間界でユグナルガの国。ライセル城のなかだよ」

ルードランが説明してくれている。

「穴は現在、我々の掌中にあり、護られておりますのでご安心を」

異界の者たちも、通路の向こうの状況を教えてくれた。

「わかった。君たちは、自由だよ。といっても外に出すわけにはいかないので、穴から元の国に戻ってもらうことになるけど」

ルードランの言葉に、ふたりは安堵した表情となり、地下に開いた穴の螺旋階段を下りて姿を消した。


「わたし、カルパム城所属だけど、しばらく、ご一緒させてもらうわね？」

ひらひらと舞いながら、キーラは賑やかな口調で囁く。橙色でふわふわの髪が、柔らかく揺れた。

「言語魔法が得意なのですね」

マティマナは感心した声をあげた。

異界の者たちは一瞬にして人間界での言葉を使えるようになっていた。

「そう！　新しい異界もお手のものよ！　任せて！」

キーラは異界へ行くこと前提で話している気がする。好奇心と期待に充ち満ちた表情だ。

「え？　あ、わたしたち、異界に行くの？」

マティマナは思わずキーラに問う。

「通路が開いちゃったからには、交渉に行かないとまずいわね」

キーラは、嬉々として同行する気満々だ。

同じように、わたしたちも、異界の言葉が使えるようになるのかしら？

異界へ行くのは怖いのだが、マティマナは言葉の点には興味津々だった。

「交渉？　誰がするのですか？」

マティマナはキーラへと更に訊く。他の異界に行ったこともあるのだろうし、異界に相当詳しそうだ。

「次期当主のルードラン様が交渉。領主権限で契約可能よ。聖女マティが威嚇役。転移するのに法師様も必要ね。それと、わ・た・し」

ひとりずつ、小さな指先で示しながらキーラは役割を告げている。名乗っていないのに、ちゃんと人物把握ができているようだ。四人で行くということらしい。マティマナは転移できないし、ルードランは行ったことのある場所にしか転移できない。しかも基本的にはマティマナとふたりのみの転移だ。異界での転移は法師に任せたほうがいいだろう。

「え？　威嚇役なの？　わたし、そんな魔法持ってないけど？」

キーラの言葉に思い切り動揺しながらマティマナは訊く。

「ふふふ。さすがは聖女様！　自覚ないみたいだけど、あなたすごい魔気量だから一緒にいるだけで威嚇になるの」

キーラは愉しそうに、悪い笑み顔を造って無邪気に囁いた。

ひゃぁぁ！　もっとも遠い役回りな気がするのに！

マティマナは混乱しまくりだ。

「【仙】に準ずるのは、確かにマティマナ様です」

法師が、キーラの言葉を肯定するように告げた。

「異界との交渉には、領主と【仙】に準ずる者が必要なの。領主が【仙】を兼ねている管轄もあるけどね」

キーラが更に言葉を足す。

マティマナは、驚愕(きょうがく)して目を見開き、言葉を失っていた。

そんなマティマナの肩へとキーラがふわりと座る。

「ああ、さすが聖女さま！」

キーラはウットリとした声でマティマナの肩で不思議な気配をさせながら声をあげた。

「あら？　わたし何かしてしまいました？」

少し首を傾げてから、軽く首を回して肩のキーラを見る。

「聖なる魔法は、わたしにはご馳走なの！　素晴らしいわね！」

マティマナから余剰の魔気があふれているのだろう。キーラは聖なる魔法を味わっている様子だ。

聖なる魔法……って、美味しいのかしら？

マティマナは不思議がるが、ご馳走とのことだから美味なのだろう。

キーラは満足そうな表情だ。

「美食の恩は忘れないわよ！　聖女マティ、期待しててね！」

軽やかにキーラはマティマナの肩から宙へと踊るように舞い上がる。

ルードランは微笑ましそうに、その遣り取りを眺めていた。


「異界の者が、公爵家、と言っていたけど、どういう意味かわかるかい？」

ルードランが興味深げな表情でキーラに訊いた。

「身分制度よ。人間界にも超古い時代には同じような身分制度があった痕跡があるわね。妖精界では未だに爵位を使っているわよ。ガナイテール国での規模は、実際に行って比較してみないと確かなことは言えないけど。公爵は爵位のなかで一番格上よ。その上に王がいる感じ」

「爵位、何段階くらいあるんだい？」

「人間界の例だと、五爵ね」

「それ、便利そうだね」

ルードランは思うところがありそうな気配で呟いた。

「異界に着いたら、ユグナルガの国での身分と比較してあげるわね」

ルードランへとキーラは笑みを向けて告げた。

「そんなことまで、できるんだ！　すごいね」

ルードランはすっかり感心顔でキーラを見ている。

言語だけでなく、身分制度の在り方まで即座に比較が可能らしく、キーラの通訳能力の高さに驚いてしまう。

「そうだった！　異界から来た者たちに人間界の言葉を与えること、あなたたち全員に可能にしておかなくちゃね」

キーラは、そう囁くと、マティマナとルードランと法師へと光の粒を放った。一瞬、皆、光に包まれている。

「これで同じように、光の粒を飛ばせるから、人間界に来た異界の者に与えてあげて頂戴ね」

「この役割を、他の者に任せるにはどうすればいい？」

ルードランが即座に訊く。

「あ、それもそうね。あなたたちが、ここに居続けるわけにもいかないし。じゃあ、これ」

もう一度、三人はもっと強い光に包まれた。

「あ、あら。魔法が増えました！」

マティマナは緑の眼を見開いた。こんなに簡単に魔法がもらえるなんて！

「本当だ。気前がいいね、キーラ」

「なるほど。これで、安心ですね」

皆の言葉を耳にし、キーラは誇らしそうだ。自らの言語の能力が役立つことが何より楽しいのだろう。そんな気配をマティマナは感じていた。

魔法を伝えることが可能になったから、異界から来た者へと言語を与える役割も異界通路を護る者に伝授できる。

言葉が通じないことでの不都合は、これで解消しそうだった。


異界との交渉は、たいてい人間界側から来訪する形になるのだという。そして領主なり領主権限を持つ者が行かねばならない。その間、人間界側の領地に領主不在になる不都合があるが、幸いライセル城には現当主がいる。

異界への滞在は長くなることもあるらしいので、簡単な打ち合わせを済ませた後の決行となった。念のため、通路を護る騎士には、人間界の言葉を異界の者に与えられるように手配した。

「じゃあ、後は頼んだよ」

ルードランは騎士へと、通路の護りを命じる。

法師が先頭に立ち、マティマナと小鳥の姿のキーラ、後ろからルードランが続いた。

しかし、螺旋階段を下りはじめたのはいいのだが、何段か下りたところでマティマナは足が竦(すく)んで動けなくなってしまった。

「ああ、待って、これ……怖すぎますっ」

延々と下りてゆく螺旋階段には、左右に壁も手摺(てす)りもない。マティマナは立っていられず、思わずしゃがみ込んだ。異界の者たちは、こんな螺旋階段を上ってきたのかと、ちょっと尊敬してしまう。

螺旋階段は、真ん中にすこし空間があり、階段部分だけが、ずっと下まで続いている。段板(だんいた)と蹴(け)込(こ)み板だけの螺旋階段で、幅はずっと同じ感じだ。

マティマナは高いところが苦手なわけではないのだが、怖いのは、周囲に拡がる風景――。

虚空のなかに幾筋もの象牙色の螺旋階段が、どこかへ向かって伸びているのが見えている。にょきにょきと、そして延々と遠くまで、通路になるであろう螺旋階段らしきものが乱立していた。

「確かに、足が竦むね」

高いところが全く平気なルードランも、共感してくれた。

「見えている大量の螺旋階段……全部、異界通路なのですか？」

「たぶん、そうですね。ただ、まだ繋がっていない通路でしょう」

「これ、落ちたら助かりませんよね？」

「落ちないとは思いますが」

不安がるマティマナに、少し先まで下りてから戻ってきた法師は柔らかく言葉を返してくれる。

螺旋階段のすぐ外の虚空は、落ちることも上昇することも叶わないような奇妙な気配だった。どこかに穿つ前の異界通路、空間を歪める様子が視えてしまっているらしい。

「ごめんなさいっ。ちょっと怖すぎますっ」

マティマナは通路の景色に頭を振り、一瞬、目を瞑る。怖さをなんとか払拭しようとして、無意識に魔法を大量に撒いていた。

きらきらきら……

マティマナの魔法は飛び散らず、丁度、円筒形に螺旋階段を包み込むような範囲で拡がっている。マティマナは魔法の拡がりかたが不思議に感じられて、そっと目蓋を開く。

不意に、壁と簡易な手すりが現れていた。

中心側には細めの円筒が、外側は螺旋階段にぴったり張り付く円筒状に壁ができている。手すりは外側の壁の程良い位置で、簡易だが丈夫そうだ。

螺旋階段は仄明るく、歩きやすそうな感じになった。

「すごいね、マティマナ、こういうの造れるんだ？」

ルードランが驚いて訊く。

「いえ、造ったわけではなくて、元々在ったものが見えるようになった感じですかね？」

とはいえ、見えない間は触ることもできなかった。今は、しっかりと壁と手すりだ。

雑用魔法の何が作用したのかは謎ながら、壁のお陰で虚空は見えなくなった。

マティマナは眩暈のような感覚から、ようやく解放されて螺旋階段の上に立ち上がる。

「すごいですよ、マティマナ様！　これなら、行き来する者が皆、安心できるでしょう」

法師の言葉に勇気づけられマティマナは頷いた。

「これなら、下りるの大丈夫そうです」

「いい感じね。どんどん魔法撒きながら先へ行きましょう？」

キーラの言葉から察するに、先のほうは、まだ壁や手すりがないのだろう。マティマナは、片手で手すりに掴まり螺旋階段を下りながら魔法を撒き続けた。


魔法は、かなり大量に撒き続けている。螺旋階段は延々と続き、終わりなどない気すらした。下っていたはずが、いつの間にか階段は上りになっている。頭上に地上のものらしい光が感じられはじめた。なんとか、異界側へと辿り着けたようだ。

螺旋階段を上がりきると、異界らしき風景が拡がった。昼間のようで明るい。

出てきた穴の周囲は、ずっと石畳の広場で、遠くに低めの城壁のようなものに囲まれた立派な建物が見えている。反対側は森に続く。整備されていない道が広場の両端から延びていた。

外に出ると、キーラは小鳥から人型に。といっても小さいが、更に羽を出して宙へと少し舞い上がっていった。

「異界通路が、放置されてますね。このまま伸びると厄介ですよ」

出てきた通路を見ながら、法師が呟く。

異界の者たちは異界通路に慣れていないらしく、対処法を知らないのだろう。

「縁、付けちゃってもいいですかね？」

「早いほうがいいですからね。通路は、どちら側の持ち物でもありませんし、マティマナ様の魔法の縁は微細ですから異界の方々は気づかないかもしれないです」

石畳と通路とが接する部分も、ライセル城内の地下室の穴と同じぎざぎざで見映えは良くない。

マティマナは頷き、雑用魔法を円形の縁に沿って満遍（まんべん）なく撒く。

ふわわ、と修繕魔法が穴の縁を取り巻き、地下室のときと同じように、綺麗で細かな装飾縁になっていった。

「これで安心ね」

上空から降りてきたキーラも、通路が伸びることは知っていたようだ。成長が止まったことがわかるようで安堵している。

「はい、みんな！　これが、ここの言語よ」

キーラは即座に言語を習得してきたようで、すぐに全員に与えてくれた。

「これで、もう異界の言語が喋れるのかい？」

ルードランが驚いて訊く。

「完璧よ～！　それと、このガナイテールの国はユグナルガ風に言うと、小国ね。ライセル家は、ガナイテール王家と同等。ここはグウィク公爵家の領地で、ルルジェの都でいえば当主の妹夫妻の領地という感じ」

ユグナルガ風に言ってしまえば、富豪貴族のひとつでしかないが、確かに富豪貴族のなかにも見えない階級はある。さすがにライセル家の親族は地位が高い。

「なるほど。やはり、爵位はわかりやすそうでいいね」

ルードランは、とても気に入った様子で爵位の詳細を知りたがっている雰囲気だ。

「聖女マティの実家が、侯爵家になるって感じ」

「侯爵家？」

「侯爵は二番目の爵位よ」

ひゃぁぁ、父は富豪貴族になりたがっていたけど、そのなかでも上層になってしまってる！

マティマナは、ちょっと蒼白な気分だが、ルードランは満足そうな表情だ。

「ぜひ、城に戻ってから爵位の詳細を訊かせてくれないか？」

ルードランはキーラに頼み込んでいる。ガナイテール国と照らし合わせ爵位を当てはめてみたいのだろう。キーラは、喜んで、と、嬉しそうに舞い回る。

「ガナイテール国を含めた、この異界は、鳳永境(ほうえいきょう)ってところね」

何らかの情報を集積しながら、キーラは異界の名を把握したようだった。

理不尽に婚約破棄されましたが、
雑用魔法で
王族直系の大貴族に
嫁入りします！

第5章 鳳永境の王宮

鳳永境（ほうえいきょう）は、異界といっても環境的にはユグナルガの国と似ている気がした。ライセル城へ来た者たちも、人間に近い感じだった。交渉するのにあまり違和感を覚えずに済むかもしれない。

「異界通路が開いたのはグウィク公爵領だけど、交渉はガナイテール国王とする必要があるわね」

キーラは、異界との取り決めに関しても詳しそうだ。ユグナルガの国と対比すると、この国、ガナイテール国はルルジェの都くらいの規模らしい。だから、ルードランは、小国の王代行という地位に相当し、ガナイテールの国王と対等とのことだ。

「いきなり王宮に行くわけにはいかないだろうから、まずはグウィク公爵に会うのがいいだろうね」

ルードランはキーラへと言葉をかけながら、遠くの立派な建物を眺めている。

右も左もわからないような初めての地なのに、皆、ちゃんと対応できていることにマティマナはただひたすら感心していた。

「あそこに見えているのが、グウィク公爵城のようね」

同じ方向へと視線を向け、石畳の広場から遠くに見えている低めの城壁に囲まれた建物を示しキーラは頷（うなず）いた。

領地の端に城がある、というところだろうか。

「では、城門前まで転移しましょう」

法師は、キーラも含め四人を転移させた。

城門のなかには、武装した兵士がたくさん控えているのが見えている。

「グウィク公爵殿にお目通り願いたい。人間界のライセル城から交渉に来た。当主代行のルードランだ」

ルードランが門番に告げる。

兵士たちが、わらわらと門から出てきて四人を取り囲んだ。だが、次の瞬間には出てきた兵士の大半が、ひれ伏していた。皆、耳が少し尖っている以外は人間との違いは感じられない。

「聖なる方が、いらっしゃる！」

ひれ伏した者たちは、敬虔さと半ばは恐怖心で震えているように見えた。

「ね。だから、威嚇になるって言ったのよ」

キーラがマティマナの肩に座りながら、そっと囁く。

わわっ、どうしよう……！

マティマナは困惑と動揺で身動きできない。

「黙っていればいいわよ。ルードラン様が交渉してくれるから」

キーラの囁きに、マティマナは頷いた。

「すぐに公爵様を、お呼びいたします！」

門番が慌ててルードランへと告げる。伝令を受けて走っていく兵士の姿が門のなかに見えた。

交易の交渉では魔気量で優劣の判断をされちゃうけど、この分なら大丈夫そうね、とキーラは満足そうに呟いている。

キーラもだけど、異界の方々も他の者の魔気量がわかるものなのね……。

「交易は当分しなくても、交渉だけしておけばいいのかな？」

ルードランは、先方がごたついている間に、キーラへと訊いている。

「そうよ。交易の契約は、互いに侵略の意志がないことを確認したあとに結ぶ協定なの」

キーラは初めての異界でも通訳が可能だ。言語に特化した能力に加え、来訪した異界で瞬時に状況を把握できる能力も発揮できる。マティマナは肩に座っているキーラから、そんな知識というか情報というかを、なんとなく感じとることができた。ただキーラの力は、行動を共にする者たちの能力総和に左右されるらしい。その点、今回の一行はキーラの能力を最大限発揮できる顔ぶれとのこと。そういう意味でもキーラは大満足のようで、ずっとご機嫌だ。

兵士たちは、ひれ伏したまま。城門のなかは、しばらくざわざわと響めきのなかにあった。先に偵察に来た者たちから報告もあったはずだろうに、混乱中のようだ。

「私が、グウィク公爵のレタングです。我らは、戦いを好まない。穴の向こうが人間界とは知らず、この度は、誠に失礼な対応をいたしまして。どうかご容赦願いたい」

慌てて門前まで転移で対応に出てきた豪華衣装の男が、公爵だった。レタングは丁寧な礼をしながら、自領の者が通路からライセル家の領地へ入ってしまったことを詫び、更に言葉を続ける。

「我らは、隣国であるベルドベル国からの侵略を受けているのです。死霊使いの国です。隣国からの偵察用の穴であると勘違いいたしました」

レタングは物騒なことを口にした。

「異界通路のある辺りは、戦場なのかい？」

ルードランは確認するように訊いている。

「いえ、今のところ、防衛できています。ガナイテール国の所有で、我が公爵領です」

「通路近くまで、攻めてくることがあるのですか？」

マティマナは思わず訊いてしまっていた。

「広場の途切れた先に、国境があります。岩山の裂け目に作られた国境の砦は我が国のもので、今のところ無事です」

レタングの口調から判断するに、それほど楽観はできない状況なのかもしれない。

「僕としては、交易の契約をしたいのだけど」

「はい。交渉は国王となさってください。私には権限がございません。国王には連絡済みですから、転移で送らせましょう」


レタング公爵は、頭巾と外套を身につけた魔法使いらしきを呼び寄せた。マティマナたち一行と、公爵、魔法使いも一緒の転移だ。

一瞬で、ガナイテール国の王宮の庭園らしきところだった。

「こちらです」

レタング公爵が先導し、ルードランとキーラを肩に乗せたマティマナ、法師と続き、後ろから魔法使いがついてきていた。

王宮は、立派な石造り風の城なのだが、とても違和感がある。

「あら、あちこちに透明な板が嵌まっていますね」

マティマナは小さな声で呟いた。

「ガラスよ。ガナイテール国には、ガラスが存在しているのね。実は、カルパムもガラスの産地なのよ」

肩に乗ったままのキーラがマティマナに告げる。城塞都市カルパムには、透明なガラスと呼ばれる品が存在しているらしい。ライセル城にガラスは無い。ルルジェの都でも、市場で扱われている交易品としてもガラスという存在をマティマナは見たことはなかった。

「そういえば、噂に聞いたことがある」

ルードランが小さく呟く。法師も背後でガラスの存在に驚いたような気配をさせていた。

「そう。だから、カルパムは夜も明るい都なの！」

キーラは誇らしげに、それでも小さな声で囁く。

「ガラス、とても綺麗ね！　外からの光が取り入れられて良さそうだけど、風の通りは大丈夫なのかしら？」

ユグナルガの国の大半の城なり建物は、窓は穴だ。木枠の窓扉はついているが、開けると穴の状態。ただ、たいていは魔気の障壁が張られ気温や風の通りを調整している。

「カルパム製のガラスは特殊だから、大丈夫よ。このガナイテール国のは、正真正銘のガラスらしいけど、それとは別に魔法が空気の循環をさせているみたいね」

長い廊下は、片側が庭園で大きなガラス窓越しに眺めることができた。反対側の壁にはたくさんの扉が並んでいる。

廊下から広間のような場所に入り、更に向かいの大きな扉が開けられると、立派な謁見の間が用意されていた。

広いだけでなく豪華絢爛な装飾の部屋だ。絨毯敷きの上に、更に赤い絨毯が通路のように敷かれ、王座のような場所近くまで続いている。

魔法使いは手前の部屋に残り、公爵は四人を連れて王らしきの元へと歩み寄っていった。

「人間界からの使者を、お連れいたしました」

丁寧な礼と共に公爵は告げる。

「ご苦労」

その言葉に、再び礼をして公爵は脇へと避けた。

「ようこそ、人間界の方々。我は、ガナイテール国王のザクレイティ・ガナ。横に控えるのは、第二王子のフェレルド・ガナである」

ザクレイティ国王は、座したまま言葉を告げた。フェレルドは立ち姿だ。ふたりとも立派な宝石飾りがふんだんな装束を身につけていた。

親子らしい。ふたりとも、ふわとした淡い色調の金髪で、碧眼だ。やはり、少し耳が尖っているが、それ以外は人間と変わらないように見えた。ただ、王も王子も、とても美しい容姿をしている。

「僕は、ユグナルガの国、ライセル城の当主代行ルードラン・ライセル。こちらは、婚約者で聖女のマティマナ・ログスです」

ルードランに合わせ、マティマナは丁寧に礼をとる。

キーラはいつの間にか、肩から下りて背後に浮いていた。


ザクレイティ国王は、どこか不安そうな眼差しで人間界からの使者であるマティマナたち一行を眺めている。

「当面、こちらから人間界に行く者はおらぬはずだ。この国で交易をすることは許可しよう。通行証の発行は、皆々様に可能としましょう」

だが、口を開くと徐に、なんの条件もなしに国王はそう告げた。

「条件なしで構わないのですか？」

少し意外そうにルードランは訊く。

「ぜひとも友好に願いたい。隣国と戦時な上で、人間界より攻めてこられては、とても太刀打ちできません故、極力妥協いたしましょう」

もしかして、聖女としての存在が威嚇の役割を果たしているの？

口調はともかく、何でも言うことを聞くから攻めないでほしい、という思いがダダ漏れしているような気配だ。

交渉は、いくらでもルードランに有利に進められるに違いない。

「こちらから攻める気などありません。対等な取り引きでいいのでは？」

ルードランは笑みを深め、友好的な響きの声で告げた。いくらでも有利な条件を足せそうなことには当然気づいているだろうが、そんなつもりはなさそうでマティマナは嬉しくなる。

「それはありがたいです。ですが、よろしいのですか？」

ザクレイティ国王は、だいぶ不安げな表情をしている。人間側にはわからないが、異界の者には相手の手駒のようなものが視えているのかもしれない。

「交易に関しては、普通の商人が交渉に来るはずだ。もう少し先の話だけど。僕としては、ぜひ友好関係を築きたい」

ルードランの言葉にマティマナはうきうきする。せっかく縁あって通路で繋がったのだから、互いに益のある付き合いができるといいな、と、マティマナは心底思っていた。

「交易の許可と、通行証の発行の許可が得られるなら、問題はありませんね」

背後で法師が言葉を足している。

「ガナイテール国の方々が、人間界に来たときには、同様に交易の許可と、通行証の発行の許可を適宜与えよう」

ルードランは、約束するように告げた。

「では、領主代行さまの了承の印を頂きたく」

ザクレイティ国王は、証書のようなものを二枚、提示した。交易の許可を互いに与えるもののようだ。

「承知した」

頷くと、ルードランは二枚の証書に続けて触れる。指先が触れる度、魔法陣めいた光が証書を包んだ。ルードランの後に、ザクレイティ国王も同様に触れ印を発動させている。

一枚が、マティマナへと差し出された。もう一枚は、国王に同席している次男の王子に渡された。マティマナが受け取ると、聖女の杖(つえ)が自然に反応する。預かりの了承の光を発したようだ。王子からも、同様の光があふれていた。

これで交易の許可は、互いに出したことになるようだ。同時に友好関係であることの証(あかし)となっている。

「通行証の発行は、これだ」

ザクレイティ国王は続けて、小さな宝石のような光の粒を、ルードラン、マティマナ、法師、キーラ、と、順に飛ばしてくる。光の粒は、それぞれの身体に吸収されていった。

これで、全員、通行証を手にしたことになるし、その上で通行証の発行ができるようになったとわかった。

「今後は、商用の者たちにも、王都までの転移を許可しよう。通路を使わない直接の転移も、可能になれば使ってくれて構わない」

通路を使わない直接の転移?

マティマナは不思議に思い、心のなかで首を傾(かし)げるが声には出さなかった。

「異界通路は、いったん往復しないとダメだけど、往復さえしてしまえば通路を使わず転移で入ることが可能になるのよ。通行証は必要だけどね。でも通行証を手にすれば、転移できる者なら座標の表示も視えるようになるわ」

キーラは小声で教えてくれている。マティマナの心の動きがわかるのか、経験上、誰もが不思議に感じることだからなのかは謎だ。

「交易品は、どのような品があるのですか？」

マティマナは好奇心に駆られて訊いていた。

「ガナイテール国は、花が特産だ。芋類など食材も多い。人間界では見かけないはずの鉱物や宝石も扱っている。服飾もお勧めですな」

何やら扱う品は多そうだ。

「服飾？　衣装を売っているのかい？」

ルードランが興味深そうに訊いた。ガナイテールの者たちの衣装は、華美で変わった形をしているが、ユグナルガの国でも馴染みそうな雰囲気がある。

「庶民向けから、階級に合わせた貴族用までさまざまな衣装が作られております。人間界からの買い付けも可能です。ぜひ、店を覗いてくだされ」

ザクレイティ国王は、無事に契約が済んだためか、だいぶ安堵した表情だ。緊張もかなりほぐれた様子で友好的な笑みを浮かべて話していた。

王との謁見が済み、公爵に先導され廊下を戻っていく。後ろから魔法使いがついてきていた。

「品を購入する際の通貨などはあるのですか？」

マティマナは、そっと公爵に訊いてみた。

「高価な服飾品以外は、物々交換が基本です。高価なものは金塊や金貨などでの交換になります。人間界に流通している金貨や金塊も使用可能でしょう」

不思議とガナイテールの者たちは、人間界のことをよく知っているようだ。

「人間界との通路開通はよくある話なのかな？」

ルードランもたぶん人間界のことに詳しい様子に気づいたのだろう。問いを向けている。

「ガナイテール国では、初です。他の国の事情は謎ですが、噂は聞きませんね」

「そのわりに、人間界のことをよく知っているようだね？」

ルードランは他意ある感じではなく、感心した様子で訊いている。

「異界と呼ばれる場所の者は、どこも同様だと思いますが、異界通路で繋がった先の情報を微量ですが得ることが可能になるようです」

不信に思われると困るのだろう。公爵は即座に事情を教えてくれている。

「なるほど、それは便利だね」

「人間界では、そんな風に察知できる者は、ほぼいないようね」

ふわふわと舞いながらついてくるキーラが、小さく呟いた。

「お戻りになる前に、交易のできる市場(いちば)を見ていくといいかもしれません。通行証にいくつか座標があるはずです」

城門を出たところで、公爵は足を止めた。

「それとも、このままお戻りになりますか？　でしたら、通路まで転移で送ります」

「もう、自由に移動していいのですね」

マティマナは感心したように呟く。契約を交わした事実は、異界ではとても強いらしい。

「確かに、移動できる市場の座標が複数表示されていますね」

法師は、通行証の中身を確認するような気配をさせながら応えている。ルードランは行ったことのない場所には転移できないから、座標は視えていないのだろう。きっと一度行けば、マティマナと手を繋いだときに座標が視えるようになるに違いない。

「では、少し見学させてもらおうか」

ルードランは公爵へと笑みを向けて告げた。

「ぜひ、お楽しみください。では、私はこれで」

グウィク公爵は一行（いっこう）へと丁寧な礼をすると、魔法使いの転移で姿を消した。異界通路は公爵領に開いたので、レタング・グウィク公爵とは今後なにかと関わることになるだろう。

目印は、ちゃんとあるらしく、転移できる者なら通路から交易市場の任意のところへと飛べるようだ。マティマナは転移などできないから、通行証は手にしているが座標などは知る術（すべ）がないようだった。

「鳳永境でも転移が使えることが、交易者の条件となるわね」

キーラが呟く。

異界側では管理の者を置くつもりはなさそうだ。転移が使えれば、自由に出入りして交易して構わないということだろう。

「今まで異界の言葉を話していたのですよね？　全く違和感ありませんでした」

マティマナは、公爵たちがいなくなったことで、通常のユグナルガの言葉に戻ったことに気づいた。ちょっと不思議な感覚だ。

「ふふっ、いいでしょう？　わたしの言語魔法は使い勝手が良いのよ！」

キーラが誇らしげに囀るのに、マティマナは「本当にすごいですよ！」と、深く頷いた。

「キーラのお陰で、本当に助かったよ。他にも色々教えてほしいことがあるから、よろしく」

ルードランも感心しつつ、訊きたいことが随分とあることを伝えている。通訳だけでなく、キーラは異界の知識も一気に吸収している節があった。異界の者が、異界通路で繋がった先の情報を得られるよりも濃密に、キーラはその地に行くことで、色々情報を得ているのだろう。

「では、一番、大きな市場に行ってみましょうか」

法師の提案に、皆賛成の声をあげた。


法師の転移で、四名一緒に主要と思われる交易市場へとやってきた。

大きな倉庫のような建物もあるが、小売店の通りが規則正しく何本も並んでいる感じだ。

店の外に台を置き、所狭しと商品を並べている店もあれば、大きなガラス越しに店内が確認できるようにしている店もある。

「わぁ、とても活気がありますね」

人間によく似た姿のガナイテールの住民が、忙しく動き回っている。姿が似ているし言葉が通じるから違和感は小さいが、衣装や街並みがユグナルガの国とは違うので異界情緒は感じられる。

「商店街が、ずっと続いているような形なのだね」

ルードランはマティマナと手を繋いで、各商店の並びを横あいから眺めるようにして進んでいた。

大量買いした者には、荷馬車で届けたりしているようだ。

人間界から買い付けに来る場合は、荷運び用の空間を持つ魔法師などが必要かもしれない。

生花店がたくさん並び、変わった香りが漂っていた。日持ちするらしい小さな百合の花に似た水色の花や、濃紺の花びらの小花が印象的だ。星煌花、香潤花——札に書かれた花の名は、キーラの翻訳を得たお陰でなんとか認識できる。

「ちょっと、不思議な効果がつく花たちのようね。花の購入は慣れてからのほうがよさそうよ？」

根付きの植物を人間界に持ち込むにはルールがあるから、商人に任せたほうがいいわね、と、キーラは言葉を足しながら、ふわふわ舞ってついてきている。

品の展示方法が巧みなのか、店の奥のほうまで入り込まなくてもさまざまな商品が扱われているのを眺めることができた。

銀麦と商品名が書かれた、少し光る白粉が売られているのがマティマナの視野に入る。隣に粉を使って焼いたらしき食品も見本に置かれていた。

「これは、何でしょう？　焼き菓子のようなものかしら？」

マティマナは少し首を傾げながら訊いてみる。主食的なものかもしれないが可愛らしい形をしている。

「パンですよ！　この銀麦の粉を使うと、とても美味しいんです」

店員がにこにこと答えてくれた。パン、と言われ、日常的に食べている主食的なものは、そんな風に呼ばれているのだと、キーラの言語を通して繋がった。

「普通の小麦と違うのかな？」

ルードランが不思議そうに訊いている。

「発酵なしで、ふわふわに焼けますよ！」

「香ばしくて、いい香りね」

「厨房の者に、仕入れさせてみるといいかもしれないね」

「あ、ぜひ！　楽しみです」

後日仕入れの者が来るかも、と、告げ、次へと進む。

霧果、甘桃、花胡桃、木の実や果物らしきが甘い香りをさせていた。

「買ってみてもいいですかね？」

「食べても安全みたいよ」

キーラが答えてくれた。

マティマナは雑用魔法で買い物籠を出し、果物をいくつか買おうと品定めする。

「あ、物々交換でしたね」

異界での取り引きは、基本、物々交換だったと思い出す。

とはいっても、出せるものは雑巾くらいしかないけど、交渉してみようかな？

マティマナは、魔法の布を出してみた。

「これだと、どうかしら？」

果物店の店員に渡すと、雑巾を手に取ったまま驚愕（きょうがく）の表情になっていく。

「ああ、なんて聖なる成分をタップリ含んだ魔法の布なんでしょう！」

「果物と交換してもらえます？」

「等価でしたら、その籠には入りきれませんよ？」

店員は、ふるふると首を振りながら慄（おのの）いている。

「入るだけでいいです！」

頷いた店員は、マティマナの籠に高価そうな果物を丁寧に詰めていく。思案しつつ、なかなか豪華な果物の詰め合わせにしてくれていた。

「じゃあ、オマケに、これを」

果物だけでは等価にできなかったようで、宝石のようなものを、ひとつ入れてくれた。

「霊鉱石です！　魔法の道具造りに便利ですよ！」

「ありがとう。面白そうね」

果物で重くなった籠を受け取りながらマティマナは礼を告げた。

「私の空間に入れて、運びましょう」

ルードランがマティマナから受け取った籠を、法師が更に受け取って荷運び用の空間に入れてくれたようだ。

「霊鉱石、バザックスさまに、研究してもらうといいのかしら？」

興味深い品が手に入って嬉しい。とはいえ雑巾一枚でこんなにもらってしまってよいのかしら？と、少し心配になってしまった。


「あら、透明な板！　ガラスも売っているのね」

ガラス店では、枠に入れられて建具にすぐ使えそうなものから、そのままのガラスまで、板状のガラスが色々と陳列されていた。

「ちゃんと割れにくい工夫をしていますから、安心して使用できますよ」

店員がにこにこと勧めてくる。

「一枚買っていって、どこかの窓に嵌めてみようか？」

ルードランが興味深そうに呟いた。

「荷物持ち、いたしますから遠慮なく」

法師が告げる。どのような大きさでも運んでくれるということだろう。

「あ、じゃあ、これ！」

物々交換用に、マティマナは魔法の布を出す。とはいえ、やっぱり雑巾なのだが。

「ああっ、すごい聖なる品ですね！」

「ガラス、一枚、これがいいかな？」

ルードランは、小窓によさそうなガラスを選んでいる。

「でしたら、オマケにこれを。灰鉱石です」

また、何やら宝石めいたものを付けてくれた。

法師が荷物を持ってくれるので、皆、手ぶらで歩いていく。

「ガラス越しの商品陳列はいいね」

ルードランは、所々に存在する、ガラス張りの商品窓が前面にある店舗を眺めて感心している。

「ショーウインドウよ。ガラス張りの飾り棚、というか陳列窓というか。華やかよね」

一際（ひときわ）大きなショーウインドウに、大きな人形型が置かれ、豪華な衣装が着せられていた。ユグナルガの衣装よりも、正装として聖王院から贈られたドレスに似た形だ。

人形の顔は、抽象的な造形だが、ドレスがとても引き立って綺麗だった。

「マティマナに似合いそうな衣装だね」

「高価な衣装は金塊と交換でしたよね？」

「あっ、お客様、聖なる布と交換していた方ですよね？」

高価すぎるであろう衣装を、高嶺（たかね）の花と眺めているマティマナは声をかけられ驚く。どうやら、衣装店から飛び出してきた者のようだ。

「そうですけど」

不思議に思って答えると、衣装店の者は、そわそわした様子だ。

「ドレス、気に入っていただけましたか？」

「とても素敵だけど、さすがに高価よね」

マティマナの感覚では、途轍(とてつ)もない豪華商品に見える。

「もしよろしければ、魔法の布、五十枚でどうです？」

「は？」

雑巾五十枚でドレスと交換してくれるのぉぉ？

マティマナは吃驚(びっくり)したが、表情に出さないように苦労した。

「あぁっ、ご無理でしたら、四十枚でもいいです！」

（布を出すのが大変でなければ、ドレス一着、買うといいよ）

手を繋いでいるルードランが愉(たの)しそうに勧める。

（えええっ、四十枚くらい、楽勝ですけど……いいのかしら？）

だって聖なる品……って言うけど、雑巾なのよぉぉ？

マティマナの感覚では、とても等価ではない。心は揺れ動く。ドレスが欲しいという気持ちよりも、こんな素晴らしいものを雑巾と交換？　というのが心苦しいのだ。

（マティマナの魔法の布、とても貴重そうだね。皆欲しいようだ）

ルードランは頗(すこぶ)る愉しそうな表情と声音で、心に囁きかけてくる。

そんなに価値の高いものだったなんて吃驚……。でも、それほどまでに、聖なる品はガナイテールでは貴重で喉から手が出るほど必要とされているようだ。

「わかりました。では、ぜひ、四十五枚で」

マティマナは雑巾を積み上げ、二、三着、試着した上で豪華ドレスを購入することとなった。


市場から転移で異界通路まで戻ってくると、通路のある広場で公爵家の家臣たちが騒いでいる。騎士たちは、地面に向かって剣を突き刺しているようだ。

「何をしているのだい？」

近くの騎士にルードランが訊いた。

「砦は無事です。ただ、小さな死霊蟲が、隙間から入り込んでまして」

「まもなく退治が終わります」

騎士たちはバツが悪そうな焦った表情でルードランに告げていた。あまり知られたくなさそうな気配をさせている。

「死霊蟲？」

マティマナは首を傾げながら問い、騎士たちの動きに合わせて地面へと視線を落とす。と、嫌な気配をさせた硬そうな蟲がちょろちょろと複数動いているのが視野へと入った。小さいとはいうが、蟲としては大きい気がする。黒っぽい甲虫？　蟲としてはあまりに大きいが、黄金虫的な印象だ。

とはいえ剣で退治するには小さすぎるかもしれない。

「ベルドベル国の死霊使いが、送り込んでくるのです」

ほとほと困った様子で騎士はマティマナに応えてくれた。

死霊使いが送り込んできているから死霊蟲？

騎士たちは、それを一匹ずつ剣で消滅させている。地道だ。

「今のうちに、お通りください」

退治を続ける騎士たちに通路を下ることを勧められたが、マティマナたちの足元には死霊蟲と呼ばれる蟲が迫ってきていた。騎士たちは地道に退治しているが、どんどん数が増えている。

形も大きさも一定ではないが、握りこぶし大くらいのものが多い。それは昆虫というには大きすぎ、かなり異様だ。ざわざわと広場を埋め尽くしつつあった。

ひやぁぁぁぁっ！

足元に近づいてきている死霊蟲だという昆虫らしき存在に、マティマナは心のなかで悲鳴をあげた。よくよく見れば黒に紫が混じったような異様な色合いだ。

「全部、死体よ、これ」

ふわふわ浮いているキーラが嫌そうに呟く。

ひっ、と、マティマナは息を呑んだ。

「死んでいるのに、動いているの？」

ざわざわと寒気に襲われながらマティマナは訊いた。マティマナはそれほど昆虫の類いが苦手というわけではない。しかしさすがにこれだけ大量に存在すれば気色悪いし、まして死骸なのに動いているというのは怖すぎる。

「死体に魂魄擬きを入れてるわね」

キーラは状況を眺めながら解析してくれていた。だが悠長に話などしている場合ではなさそうだ。

死霊使いの技が蟲の死骸を操っている……つまりは、ガナイテール国としては敵襲されている状況だ。

ライセル家は、ガナイテール国と友好関係を築くことにした。

なんといっても異界通路はガナイテール国と繋がっている。となれば、ライセル家はガナイテール国を敵に回すわけにはいかない。必然的にガナイテール国へと攻めてきているベルドベル国は、ライセル家にとっても敵国認定だ。

異界通路を下りてしまうように言われても、このままでは、きっとこの蟲たちは大挙して通路に入ってくる。

と、不意に死霊蟲のなかでも小さめの黒いものが舞い上がる。

「きゃあああっ！」

胸元を目がけて飛んでくる死霊蟲が視野に入ると、マティマナは悲鳴をあげながら無意識に魔法を撒き散らしていた。反射的に放たれた雑用魔法は、きらきら光りながら死霊蟲を包む。すると、向かってきていた死霊蟲は弾けるように光って消えた。一匹の死霊蟲に対するには大量すぎる魔法のきらきらはどんどん拡がっていき、ふわふわ地面へと降り注いでいる。雑用魔法は地面を這う死霊蟲たちに触れた。死霊蟲はパアアァァッと発光し、眩ゆい光に包まれ、爆発するように次々に消えていく。

「あっ、雑用魔法が効くの？」

吃驚しながらも近くに迫っていた死霊蟲たちが消えたのでホッとしてマティマナは呟く。

もっと撒いていいかしら、と、ルードランへと訊いていると、お願いします、と、マティマナの声を聞きつけたらしく懇願するように騎士たちが口々に唱えている。

「すごいね、マティマナ！　僕も、やってみよう」

弓を使う機会なんて滅多にないからね、と、言葉を足しつつルードランは腕輪の武器を弓に変え、光の矢をつがえている。

マティマナは応えるよりも、ルードランの姿に視線が釘付けだ。

ああ、なんて素敵……！　格好良すぎて、こんな緊急時だというのに見蕩れちゃう……！

マティマナは、どきどきしてルードランの麗姿を眺めているうち、心のときめきのままに、わやわやと雑用魔法を撒き散らしていた。

ルードランは次々に遠くの大きめな死霊蟲に光の矢を当てている。死霊蟲はやはり光って消えていた。自動で当たるかのように、一度に数本が放たれるルードランの矢は、すべて蟲を消しながら消滅していく。

「では、私も」

法師は錫杖型の杖を取り出し、稲妻のような技を繰り出している。細く枝分かれした光の先端

が確実に蟲を消していく。複数退治できていい感じだ。

騎士たちの歓声があがるなか、マティマナは意識して広範囲にさまざまな雑用魔法を混ぜながら撒いてみた。何の雑用魔法が効いたのかわからないので手当たり次第混ぜて試す感じだ。キーラは、空の高い位置を飛び、砦の方へと向かっていった。

死霊蟲は、今のところ高く舞い上がるものはいないようだ。キーラはすぐに戻ってきた。

「砦に穴を開けられたようね。砦の修復は終わったみたい」

砦のほうで砦を直すために働いている騎士たちも多いのだろう。

「じゃあ、ここの広場の死霊蟲を片づければいいのね？」

マティマナたちは死霊蟲を退治しながら、徐々に砦側へと移動している。

砦側では、砦の修繕を終えた騎士達が剣で足元の死霊蟲を、やりにくそうに退治していた。

森のなかに逃げ込まれると厄介そうだが、死霊蟲は公爵城を目指していたようだ。ほとんどが石畳風の広場にいる。

「あ、剣に魔法が！」

騎士が叫んだ。

マティマナが死霊蟲退治のために撒いた雑用魔法が剣に触れたらしい。刃は綺麗に発光している。その剣で死霊蟲に触れると、簡単に光分解して退治できるようだ。

「すごい。聖なる力の付与だ！」

マティマナは無差別に魔法を撒いていたので、かなりの人数の騎士の剣に魔法が付いたようだった。

まぁ！　雑用魔法で武器に聖なる効果が付けられるなんて知らなかった！

マティマナは驚きに瞠目しながらも、眼の前の死霊蟲たちをまずは片づけなくては、という思いで必死になっていた。


マティマナの魔法、ルードランの光の矢、法師の稲妻が次々に死霊蟲を消していった。マティマナの聖なる魔法の付与がついた騎士たちも頑張っている。

広場から砦までは、荒れ地が拡がっていた。

荒れ地に魔法を撒きながら進み、砦のすぐ間近まで来ている。

砦は、岩山が裂けたような場所に組み上げられた高い石垣だった。

「この砦の向こうは、ベルドベル国です」

かなりの高さまで石が積まれているが、砦というよりは侵入を防ぐための壁に近い。

一応、階段めいたものが作られているので、向こう側の監視をしたりもするのだろう。

「砦にも、魔法、撒いておきますね」

残った少しの死霊蟲をまだ追いかけている者はいるが、だいたい片づいた。マティマナが、砦へと魔法をかけると、綺麗に発光する。

「おお。なんて美しい聖なる光！　これならば、敵の侵入を防げそうです！」

護りの騎士たちが、嬉しそうな声をたてている。

何度か撒くと雑用魔法は砦の石の隙間を修繕する効果を発揮した。粘土状のもので埋められ、砦は強固なものとなっている。

「ベルドベル国の言語が手に入ったけど、どうする？」

死霊蟲の退治が終了したあたりで、キーラが皆に訊いた。

「あの蟲たちも言葉を喋(しゃべ)るの？」

ぞっとしながらマティマナは訊き返す。

「蟲型は言葉を喋ったりしないけど、人型に近いような死霊は喋るみたいよ」

ちょっと眉根を寄せたような嫌そうな表情でキーラは囀った。

「怖いけど、もらっておきたいかなぁ」

マティマナは、いざベルドベル国の者と遭遇してしまったときを思うと、言葉が交わせるほうがいい気がした。

ルードランと法師も受け取ることにしたようだ。

キーラは、三人へと光の粒を飛ばした。他の者に与えられるように、更に魔法を与えてくれている。

希望する騎士にも、キーラは気前良く言語を渡していた。言語を習得し、それを広めることが何より楽しいらしい。

「死霊蟲の退治へのご協力、深く感謝いたします」

馬で駆けつけてきたグウィク公爵は、馬から下りると丁寧な礼と共に感謝の言葉を述べた。馬はユグナルガの国のものと酷似している。公爵は、マティマナたちが戦いに加勢してくれたのが意外だった様子だ。

「ベルドベル国の言語を、習得なさったのですか？」

続けて小耳に挟んだのだろう、公爵はキーラに訊いている。

「わたしは言語が専門よ！」

「ぜひ、私にも、分けていただきたく」

小さなキーラへと、懇願するように丁寧な礼をしている。

「ええ、いいわよ！　あなたには、他の者に与えられるようにしておくわね」

キーラは、何度か光の粒を飛ばしていた。

ベルドベル国と交渉するとしたら、この公爵が担当だろう。

今まで、ほとんど言葉を交わせないまま、隣国と戦闘状態だったのね……。

公爵は随分と苦労していたのだろう。ただ、隣国とはいえ死霊使いの国だというし、言語を得たとして通常の交渉が可能なのかは謎だ。

死霊蟲は消滅し死骸が残らないので、広場はすっかり元通りの景色となっている。

騎士たちと、グウィク公爵に見守られながら、マティマナたちは異界通路の螺旋(らせん)階段を下ってライセル城へと戻っていった。

理不尽に婚約破棄されましたが、
雑用魔法で
王族直系の大貴族に
嫁入りします！

第6章 爵位

鳳永境の市場でルードランが選んでくれた小窓に良さそうなガラスを、ライセル城内の壁際で法師が出してくれた。

確かに丁度良さそうな窓枠がある。マティマナは窓枠とガラスを見比べながら思案していた。

「もしかしたら、修繕で設置できるかも？」

本来であれば建具屋に木枠を作ってもらうのがいいのだろう。だが目算ではあまりにピッタリにガラスが嵌まりそうだった。

窓枠の修繕感覚で、いけそうな気がする。

「それは、良さそうだね。試してみるといいよ」

ルードランの言葉に頷き、マティマナは元の木枠は分解掃除するときの要領で雑用魔法をかけて外した。

ガラスを宛がってみると少し隙間はできるが良さそうな大きさだ。嵌め込みながら魔法を撒く。するとガラスと石造りの穴の隙間を、装飾を描くように修繕用の粘土が取り巻いていった。

「あ、綺麗に嵌まりそうです！」

何度か魔法をかけ、良さそうな位置に固定した。ガラスの周囲を漆喰的なものが綺麗な模様となって取り巻いて接着した状態だ。雑用魔法を使えば、外すことも可能だと思う。

「ああ、これは綺麗で面白いね」

ルードランは頗る感心したように青い眼を輝かせてガラス窓に近づく。

「開け閉めできるほうがよければ、扉状の木枠に嵌めて窓扉にするといいかもしれません」

ちょっとピッタリすぎかな？

この場所だと木枠は無理かもしれないが、一応、提案しておいた。

「ここは、これでいいよ。ガラスの周囲がとても綺麗な模様になっているし」

確かにガラスの使い勝手を皆に知らせることができそうで良い感じだ。

ひと籠の果物は、侍女頭のコニーに頼んで厨房に運んでもらい、少しずつ試食できるように手配してもらった。

個数の多いものは、調理人と仕入れの者も試食して異界への買い付けの計画を立てるようだ。

オマケでもらった鉱石は、マティマナが使えるものらしいけれど使用方法の見当がつかない。

マティマナは好奇心に満ちたまま、鉱石に関してはバザックスを訪ねた。バザックスは魔法系の研究もしているから、特殊な鉱石の使い方を知っているかもしれないと思ったのだ。

「魔法の道具造りに便利らしいのですが、使い方がわからなくて……」

そんな風に告げながら、霊鉱石と灰鉱石をバザックスへと手渡した。一緒にいたギノバマリサも興味津々だが、宝石魔法に使えるものとは少し違うようで首を傾げている。バザックスは興味深げにしながら、調べてみよう、と請け負ってくれた。

法師が空間に入れて運んでくれたドレスは、侍女たちの手でマティマナ用の衣装部屋へと丁寧に運ばれていった。

「また、異界でお買い物してみたいです」

マティマナはさまざまな体験を思い起こし、ルードランと法師へと向け弾んだ声で告げる。

ただ、物々交換のために雑巾以外の良い品がないものか、そのあたりは気がかりで、マティマナは少し思案顔だ。

「品が豊富すぎるから、少し調査してもらうほうがよさそうな気がするよ？」

ルードランも思案顔だった。確かに異界の者には平気でも、人間界の者には違う効果をもたらす品が交じっていそうなことを、キーラが呟いていた。

「物々交換に良い品も、何か見つかるといいですね」

マティマナは物々交換の品として咄嗟に魔法の布――雑巾なのだが――を出していた。その場で造ったのだが、ほとんど無意識だ。たまたま聖なる効果のあるものがガナイテール国では非常に価値が高かったようで楽々と買い物ができた。

「そのあたりも異界で試してもらおうか」

何が物々交換の品として使えるのかマティマナには見当もつかなかったが、実際に交易する者なども共に色々検討することになるのだろう。

「異界の市場の調査だと、転移が必要ですよ？」

法師は、そこが気になるらしく念を押す。

確かに、ガナイテールでは転移の魔法が日常的に使われているようだ。通行証を手に入れると、転移のできる者であれば、自動的に複数の領地の市場の座標がわかるようになる。

それは逆に、転移ができないと市場に行くことができないことを意味していた。

「転移できる者たちを含め、人を臨時雇いしてみようか。家令に手配させよう」

毎回、今回の一行で行くわけにはいかないから、確かに専任の者を雇うほうがよさそうだとマテ
イマナも同意した。

当主への報告など適宜済ませ、侍女に城での寛ぎ着に着替えさせられた後でマティマナはルードランに呼ばれた。

キーラの他に、家令が控えている。

「爵位について、キーラに教えてもらいながらルルジェの都での配置図を作ってみたよ」

キーラは、ガナイテール国での爵位を把握したように、ルルジェの上級貴族の序列を即座に把握してくれたようだ。

公爵家がふたつ、どちらも姓はライセルで分家なので領地名で呼ばれることになる。

ディアートの両親は領地であるク・ヴィクの街の名から、ク・ヴィク公爵家。

ルードランの祖父母は領地であるドヴァの街の名から、ドヴァ公爵家、という形だ。

「ああっ、実家は、本当に侯爵家になるのですね」

配置図というのを覗き込みながら、マティマナは「ログス侯爵家」との表記に悲鳴めいた声で呟いた。

本当にログス家に爵位なんて……大丈夫なの？

頗る不安だ。

「それは、もう。当然でしょ？」

キーラが胸を張る仕草で言い切った。

侯爵は、五家。そのなかに、マティマナの実家であるログス家が入っているのだ。マティマナはかなり眩暈を感じている。

なにしろ裏王家からの出身である一代限りのジュサートと呼ばれる王子を養子にしている上級貴族がここに含まれるのだ。

裏王家は特殊な事情を持ち、聖王院が管轄している。王族でも王位継承権を得ることができるのは本来女性だけ。王位継承権がある者が産む女子にのみ、天人から継がれた印が生まれつき刻まれるという。

王都・王宮を統べる王族に女系が尽きれば、印を持つものがいなくなる。そのときのためだけに、裏王家は極秘の存在として女系を継ぐ役割をずっと担っているのだ。

実際、現在は男王の世で、長いユグナルガの歴史のなかで初の珍事だった。印を持つ者が王族のなかで尽きてしまったため、裏王家から王位継承の印を持つ姫を娶り印の分譲を得たのだ。

その女系を継ぐための裏王家は女性のみを残すので、生まれた男の子はジュサートという特殊な存在として一代限りの王族となる。秘された存在ではあるが、ジュサートを手に入れることは、上級貴族でその存在を知る令嬢にとっては密かな憧れだ。

ジュサートのいる貴族と同等だなんていいのかしら？

マティマナはディアートから習った王家の事情などと照らし合わせ困惑しながらも、自らがライセル家に嫁ぐのだから、と、気をしっかり持てるように深呼吸した。

伯爵は四家。皆、富豪貴族だ。

子爵と男爵は四家ずつ。ここには、富豪貴族ではないが、権威ある上級貴族が含まれていた。

この爵位制度が取り入れられたら、ログス家は大騒ぎだろう。

富豪貴族でも爵位なしの家も多いから、爵位を手に入れる方法が色々と取り沙汰されるかもしれない。

「マティの実家も、今はマティの姉夫婦がログス家の一員だから侯爵家ってことでいいけど、姉夫婦が独立するなら、別途に伯爵家なり子爵家なり賜る感じになるでしょうね」

キーラが補足説明してくれた。

「父上から爵位に関しては一任されたので、まあ、僕の一存だね」

ルードランは笑みを深める。

ルルジェの都の貴族たちの序列が一気に明らかになったことで、喜ぶ者よりは落胆する者のほうが多そうだとマティマナは感じた。

「爵位の解説と、爵位による配置図を急ぎ正式書類にいたします。爵位を取り入れるには王都・王宮からの許可が必要です」

家令は、そう言いながらも比較的愉しそうな表情だ。張り切って王宮を納得させる書類を作成するつもりなのだろう。

「王宮、認めてくれますかね？」

爵位は便利そうだと感じているからこそ、マティマナは心配そうに訊いた。王宮が爵位を取り入れるとは考えにくい。取り入れるにしても、長く検討時間をとるのではなかろうか。

「王宮自体では取り入れないだろうけど、許可は出ると思うよ？　それに他の王家由来の貴族も取り入れたがるだろうね」

ルードランは確信したような表情だ。長く続く今までの身分制度では、どこも不都合が出てきているのかもしれない。【仙】の管轄の領地でも取り入れる可能性があるよ、と、言葉が足された。

王家の統治が長くなり、【仙】古の制度である現状の括りのままでは、【仙】の管轄でも貴族をまとめていくのに不便を感じているのだろう。

「序列は大事よ！」

キーラも勧める。

「先の話だけど、帰ったらカルパムの都でも、取り入れるように話してみようかと思うの」

思案げに、小鳥の姿で手すりを歩きながらキーラは囀っていた。尾羽振りつつで可愛い。考えごとを始めると、鳥の姿に戻るようだ。キーラはカルパムの都でも爵位が取り入れられると半ば確信しているような気配をさせていた。

ユグナルガの国には、王家が設定している身分制度の他に、その昔、天人の代理によって任命されたのが始まりの【仙】という特殊な力を持つ存在が治める領地がある。王都・王宮が束ねてはいるが独立した領地としての扱いだ。王家も手出しはしない。王家の代理として各地を護る役割を担う存在なのだ。

【仙】は、現在八名。それぞれの持つ固有の絶大なる力と合わせ、異界との厄介な通路を管理することが可能な能力も持つ。

城塞(じょうさい)都市カルパムだけは【仙】である大魔道師フランゾラムの管轄だが、領主は弟子の魔道師であるリヒトという特殊な体制だ。

今回、キーラは、そんな【仙】の元から派遣されてライセル城に来ている。

ライセル家からの、鳳永境の爵位制度を取り入れたいという申し出は、法師の転移による連絡方法を用い、すぐに王都・王宮へと届けられた。


極少人数の選定された人々によって、異界とのお試しの交易が始まっていた。

最初は厨房の食材調達担当者が、転移のできる者や荷運びの魔法を持つ者と組んで出かける形だ。

組になった者たちが異界へと向かう際には、ルードランか、マティマナか、法師が通行証と言語を与えた。

ルルジェの都の色々な特産物などを持たせ、物々交換が可能か試しているらしい。

「魔法の布が、とても強く望まれているらしいよ」

異界のお試し交易から戻った者と話をしたらしく、ルードランがマティマナに告げた。

「あの布、何に使用するのでしょう？」

聖なる力が宿っているとわかるらしいから、清めに使う？　でも、そんなに清めないといけない事態なんてあるのかしら？

マティマナは、ずっと不思議に感じていた。

「武器の手入れに使うと、強烈な聖なる力が付与されるらしいね」

ルードランは笑みを深めて噂（うわさ）を教えてくれた。

魔法の布って言ってるけど雑巾なのよね……。あ、でも、手入れなら使い道として合ってるのかな？

瞬（まばた）きしつつも、マティマナは少し納得した。

「そんな使用方法があったのですね」

しかし、雑巾を所持して必要なときに武器の手入れをすることで聖なる力を付与する――？

もう少し、見映えの良い何かにできないかしら？

マティマナは真剣に考え込んでしまった。

厨房で使うものや、掃除用具、片づけの際に使用する何か……。

考えているうちに、「鍵束を帯に留める根付け紐（ひも）」「匂い袋」「細い棒などを束ねるときの伸び縮みする輪っか」「紙挟み」「敷布や布巾を束ねる紐」「目印にくっつける紙の小片」そんな細々（こまごま）した品が、卓の上へとあふれた。

「変わったものがあるね」

ルードランの言葉に、マティマナは心のなかで首を横に振る。

「魔法の布の代わりになるような品が新たに造れないかしら？　と、思ったのですけど。普段に使っている品ばかりでしたね」

マティマナは特に変わったものは造れなかったので、整頓用の箱を出した。さっさと片づけて、違うものを試すのがいいように思う。

「ちょっと、片づけ待ってくれるかい？」

片づけようとしていることに気づいたルードランが慌てて止めた。

はい、と、マティマナは頷き、手の動きを止める。

「普段、使っているもの？　初めて見るよ。触ってもいい？」

ルードランは、とても意外そうな表情というか、吃驚（びっくり）しているようだ。

「はい。もちろん構いませんよ」

ルードランが目新しそうにしているのを不思議に感じたが、考えてみれば確かに、他の者が使っているところは見たことはない……かもしれない。マティマナは頻繁に使っているし、誰もが使っているものだと思っていた。

ただ、マティマナがそれらの品を使用しているところを目撃している者はあまりいないかもしれない。ルードランですら知らなかったのだから。

「マティマナが造るものは、どれも聖なる力があると思うんだ。これは、どうやって使うのかな？」

輪っかを手に、伸び縮みすることに気づいたらしくルードランが訊いてくる。

「こういうのを束ねたり、筒状に丸めた紙とかも留められますね」

言いながらマティマナは、根付け紐を二十本くらい出して輪っかを伸ばしながら留め、修繕用に使う紙も出して筒状にしてから留めてみせた。

「あっ、マティマナ、この紐みたいなのも、紙も、今造ったのかい？」

ルードランは、驚きの連続であるかのようにくるくると表情を変えている。そんな風に驚いてくれる度に顔を見つめてしまうから、その都度、麗しさにドキドキが増してしまった。

「え？　あ、そうですね。造っています」

見蕩(みと)れていたせいで、答えるまでに少し間があいた。

「これ、全部、聖なる効果が付いているよ、きっと」

ルードランが端から品の使い方を訊くので、簡単な説明をしながら無意識に使い勝手を見せるための品も造っている。

「こんなに色々なものが造れたんだ！」

言われてみれば確かに、ルードランと一緒に城中を回っていたりした頃は、雑巾や布巾や敷布のような、魔法の布っぽいものばかりを使っていた。色々な手伝い仕事をするときも、雑用魔法を使いあまりに無意識に必要なものをその場で造っていたようだ。

「そういえば、こういうのも出せましたね」

買い物籠の類(たぐ)いや、小振りのゴミ箱の類いも造っていたと思い出す。試しに造ってみた。

「ああ、これは見たことがあるよ」

買い物籠や、ゴミ箱や、籠などはなにかと出して使っている。少しホッとしたようにルードランは呟いた。でも、自分で造っていたのだね、と、改めてルードランは感心している。

棚を整頓するときの仕切り(しき)や、小物整頓用の小箱や、呪いの品を収納したような大箱も出せる、というか造れる。とはいえ、雑巾が最も楽ではある。

「わたし……無意識に、色々造っていたのですね」

マティマナはようやく、その事実を自覚した。何気に自分で驚いての呟きだ。

「この小さな、貼り付く紙とか、聖なる効果が付くなら便利そうだね」

ルードランはかなり高揚している気配だ。色違いの小さな貼り付く紙は、似た種類のものを区別するときの印に便利だった。

ただマティマナは、自分で造った品に聖なる力が付いているのかなどわからない。誰かに確認してもらう必要はありそうだ。

ひとまず法師に確認してもらうと、マティマナが造った品々は漏れなく強い聖なる力が働いているとのことだった。

使い道が正しいかはともかく、武器に付けることで聖なる力の付与はできるらしい。

伸びる輪は、剣の柄(つか)の根元に簡単に巻けるし、根付け紐は柄の飾りとして付けやすい。貼り付く紙であれば、どこにでも付けられて便利そうだ。試しに異界での物々交換に使用してみることになった。

結果はすぐに明らかになった。小さいものでもかなりの量の買い付けが可能だったそうだ。

「ふふ。聖女マティが造るその輪っかは、輪ゴムね。それと、小さな貼り付く紙はシール。カルパム式に言うとだけど。鳳永境(ほうえいきょう)でも、その呼びかたで通じると思うわよ」

キーラは、マティマナが食堂などの広い卓で品々を造るところへと舞ってきて肩にふわりと座っては、時々そんな風に告げる。その都度、余ってあふれるマティマナの聖なる魔気を味わっているようだ。

「輪ゴムに、シール……？　あら、でも、何でしょう……とても、それ、馴染(なじ)みの言葉みたいに感じます！」

異界で聞いた、パン、などと同じように、その響きは即座に馴染んだ。

「確かに……。とてもしっくりくるね」

近くで聞いていたルードランも不思議そうにしながら同意する。

「そうでしょうね。他にも、たとえば窓帷(そうい)はカーテンでしょ？　この卓はテーブル」

キーラは、楽しそうな表情でそんな風に囀る。

「あ……そう……。そうね！　キーラの喋(しゃべ)るカルパムの言葉、不思議によくわかります！」

ふふふ、と、キーラは可愛く笑いながら、そうでしょうね、としか言わない。

何か理由があるのかな？

そのうち、聞かせてもらえるかもしれない、と、マティマナは少し期待した。なんだかわくわくするのだ。

「需要があるとはいえ、マティマナに聖なる品を造らせ続けるのはどうかと思うんだ」

ルードランは、キーラの言葉が止まると悩ましげに呟いた。

「わたしは構いませんよ？　片づけしているのと変わらないです」

どちらかといえば、造り続けていいのなら雑用魔法をずっと使っていられるからマティマナは嬉しかったりする。

「なにしろ、他の特産物では、全く物々交換ができないようだからね」

ルードランは、少し困惑の混じった溜息だ。

「そんなに聖なる品に需要があるって、不思議なのですけど？」

マティマナにとっては当たり前の品すぎるし、何より聖なる品がなぜそんなに人気があるのか、必要とされているのか全く謎だ。

特に聖なる力を武器に付与したいようだが、そんなに必要があることが奇妙だ。聖なる力の使い手などたくさん存在するような気がマティマナはしていた。

それとも、鳳永境には聖なる力の使い手が少ないのかな？

マティマナを見た鳳永境の者たちが、聖なる力の持ち主がいると、皆口々に言っていたことが思い出された。聖なる力の持ち主が珍しいのと同時に、聖なる者の存在はよくわかるようだった。マティマナを見ただけで、ひれ伏す兵士もいた。

「やはり、隣国からの侵略に備えているのではないかな？　ときどき、死霊系が迷い込んできたりしているのかもしれないね」

憶測(おくそく)だけれど、と、ルードランは呟き足した。

「それは怖いです。でも、聖なる品って、そんなにベルドベル国の死霊に効果覿面(てきめん)なんでしょうか？」

「実際、マティマナの魔法を少し浴びただけで、死霊蟲(しりょうちゅう)は消えていたよ？」

鳳永境の者たちは聖なる力を敏感に察する。けれど聖なる力の扱い手はいないのかもしれない。

とはいえ、マティマナ自身は、聖なる力を使っている実感など全くないのだが。

「ガナイテール国のお役に立てるなら、何より交易に有利なのでしたら、いくらでも造りますよ？」

マティマナは弾む声で告げた。内職感覚だ。ちょっと楽しい。

「委託もできないし、品に魔法を浴びせただけだと徐々に力は弱まってしまうし。マティマナに造ってもらう他に手はないかもしれない」

困惑した表情のルードランに、マティマナは笑みを向けた。

「ルーさまと歩いて魔法を撒いていたのと、あまり変わらないですよ？」

「歩くのなら、一緒に回るのだけどね」

「こうして時々、一緒にお話できたら、わたしは嬉しいです」

「話をしていたら、気が散ったりしないかい？」

「ルーさまとお話できるなら、ものすごく捗(はかど)りますよ！」

倍くらい造れます！　と、マティマナはうきうきしながら告げた。

爵位の件は驚くほど速攻で、王都・王宮に了承された。

「え。決定早いですね」

マティマナは吃驚して伝えてくれた家令に反応する。

「気合いを入れてわかりやすい報告書を作りましたから。渾身の作です。キーラ様のお陰ではありますが」

キーラから詳細を聞きながら、爵位に関する報告書を作ったということのようだ。

「予想どおり、王都では爵位は取り入れません。ですが、王家直系の五家と【仙】の領地は、爵位を取り入れる場合には小国の扱いになるそうです」

「え？　では、ライセル小国になるのかな？」

ルードランが驚いたように訊く。

「そうです。五家と【仙】の領地、合わせて十三の小国となります」

ライセル家は小国の王家という位置づけということだ。鳳永境(ほうえいきょう)におけるガナイテール国と同じ扱いになる。

詳細は、王家直系の五家と、すべての【仙】に通達されたらしい。

五家と【仙】は、爵位を取り入れるなら小国の扱いだが、元よりの立場は変更なしだという。

「確かに、元々独立した自治の都なのだけどね」

ルードランは驚いたまま呟く。爵位は了承されると確信していたようだが、小国扱いとまでは考えていなかったらしい。

東の辺境や、西の辺境で、時折、小国として独立を企てる都はあるのだが、それらは独立すると共に王都・王宮の保護から外される。だが、今回の爵位を取り入れることによってできる小国は、王宮の保護を受けたままという破格の扱いだ。

うわぁ、わたし……王家に嫁ぐ形になっちゃったかも？

マティマナは、日々刻々と変化していく状況に眩暈を覚えた。

聖女見習いのライリラウン・バルシとマティマナは、書簡による交流をしていた。互いに聖女関連の情報交換ができるのでありがたい。聖王院で学んでいないマティマナとしては貴重な情報源だ。

聖女見習いは、時折、王宮へと赴き奉納舞いを習うらしいのだが、ライリラウンはマティマナの踊りが忘れられないのだという。

「聖王院長からの勧めもあって、ライリが城に来ることになったよ」

ルードランは聖王法師ケディゼピスから直々に申し込みがあったと、マティマナに伝えてくれた。

「ライリさんがいらっしゃるの？」

早くも再会が叶いそうで、マティマナは嬉しそうに訊く。

「奉納舞いの研修、という形のようだよ。それと、呪いを除去している現場を少し見せてあげてほしいとのことだった」

「法師さまの部屋での魔法、ということですね？」

イハナ城には、法師ウレンですら入れないのだから、ライリラウンにはとても入れない。

「そう。マティマナの魔法を見たいらしい。踊りは、ディアートがライリの相手役をつとめてくれる」

聖女見習いを男性と踊らせるわけにはいかないが、ライセル城にはディアートがいるので聖王院長から許可が出たようだ。

「わたしも、踊りの基礎のおさらいがしたいです」

「ぜひ、ふたりの練習に付き合ってあげて。ライリは、マティマナの踊りを覚えたいみたいだからね」

「あら、わたし毎回違う踊りをしているのに？」

「それでいいと思うよ？　僕も、時々、練習見させてもらうから」

ライリラウンは、聖王院長の転移で主城の手前へと送られてきた。

「願いを聞いていただき、感謝いたします」

迎えに出た、ルードランとマティマナ、法師へとライリラウンは丁寧な礼と共にそう告げる。質素ながら踊りの可能な緑の衣装での到着だ。

蜂蜜色の長い巻き毛、薄紫の瞳。手には小振りな錫杖(しゃくじょう)型の杖(つえ)を持っている。

「いらっしゃい、ライリ。歓迎するよ」

笑みを深めてルードランが応える。

「再会できて嬉しいです」

マティマナも、笑みを向けて言った。

「滞在中、私からライリへの実技講習がありまして。マティマナ様に、ご一緒願えればと」

法師からの言葉に、マティマナは瞬きする。

「あ、講習を見せてもらっていいのですか？」

「はい。ぜひ！」

不思議そうにしながらも応えると、ルードランが手を繋いでくる。

(信用ある法師といえど、聖女見習いと男女ふたりきりにするわけにいかないということらしいよ)

ルードランの言葉が伝わってきた。万が一にも間違いのないように、ということらしい。

(お役に立てるなら何よりです)

そっとルードランへと応えた。マティマナとしてみれば、法師や聖女の技を見る機会が得られて嬉しい。

ライリラウンは聖女見習いのなかでは最も年上で、そろそろ外での実習が必要ながら、研修先の選定に苦労していたらしい。聖女のいるライセル城であれば、と、時々通うことの許可が下りたようだった。

皆でぞろぞろと法師の部屋へと入った。ライリラウンに呪いの品を見せるためだ。

「だいぶ呪いも弱まってきているのですがね」

収納箱に入れられた、布に包まれた呪いの品を法師は取り出した。布から少し覗かせてライリラウンへと見せている。

「きゃぁ、これは怖いです！　なんて禍々しいの！　ああ、こんな品に遭遇したら最悪ね」

ちゃんと呪いの品だとは認識できるようだ。触れたら拙いことも。

「聖王院の術では、この呪いは除去できません。聖王院の者の天敵のような品です。触れませんように」

法師が注意しているが、呪いの品だとわかるならライリラウンが迂闊に素手で触ることはないと思う。

「こんな風に、魔法をかけています」

マティマナは、法師の持つ品と、収納箱に入れられている他の品へと魔法をどんどん振りかけた。

この呪いの浄化方法を教える術はない。雑用魔法での浄化を見てもらうしかなさそうだ。

「ああ、なんて綺麗な魔法！　きらきらしていますね」

ライリラウンの眼にも、魔法は見えるらしい。

「ああ、こんな品、どう対処したらいいのでしょう？」

ライリラウンは、状況を想定しているのか、呪いの品に遭遇したときはどうすればいいのか切実に悩んでいた。法師や聖女候補であれば直接触るのは絶対ダメだ。でも、排除しないといけない。

「一応、この魔法の布を使えば拾うことも、所持することも可能ですよ」

マティマナは、雑巾である魔法の布を見せながら言った。布巾でもいいが、雑巾のほうが厚手なので更に安全だ。

「念のため魔法の布をお譲りいただくのはどうですか？」

法師が提案する。

「これ？」

雑巾なのだけど。まぁ見た目じゃわからないか。

小さくして携帯できるし、邪魔にはならない。これと同じ呪いの品であれば、最終的にはマティマナの元まで届けることになるが、まずは至急の措置方法が必要だ。

マティマナは五枚ほど造り出して渡す。

「ありがとうございます！　まぁ、なんて不思議な感触。でも神々しいです！」

「いつでも補充しますからね！」

拭き掃除にも便利よ、と、小さく言葉を足しておいた。

ディアートの踊りの指導は、ライリラウンの基礎がちゃんとできていたので、最初から応用編だ。

マティマナは付き添いだけれど、ライリラウンと一緒に踊る気満々だった。ディアートは、何気に愉しそうに教えてくれている。

聖女見習いを男性と踊らせるわけにはいかないが、ディアートは男性の部分が踊れるし、王宮仕込みで指導は完璧だ。

ひとりの部分は、ライリラウンとマティマナが一緒に踊る。

「ライリ、型どおりではなく、自由に動いていいのよ？　そう、とてもいいわよ」

近くでマティマナが奔放に踊っているので、若干は参考になるのかもしれない。

マティマナは、いつも、ほとんど即興だ。見えない導きの手を、常に感じていた。

その感覚は、伝えることはとても難しい。それでも、ライリラウンが聖女見習いであるなら天からの導きは得やすいのではないかな？　と、マティマナは思う。

数日の滞在期間、踊りの練習には、ときどきギノバマリサも交じり、女性四人で踊る場面もあった。

「創作して踊るのって、こんなに愉しかったのね！」

ライリラウンは、自由に踊るマティマナやギノバマリサの動きに触発されながら、何気に良い感じの自由さで踊りはじめている。

「ライリさんと一緒に踊れて、とても愉しいわ」

きちんと聖王院の修道院で鍛錬しているライリラウンから学べることは多く、マティマナはそれも愉しかった。

法師の講習やら、マティマナの魔法での浄化見学やら。あっという間にライリラウンの研修期間は終わり、来たときと同様、聖王院長からの迎えの転移で戻っていった。

「城が華やかになって、本当にいいわね」

ライセル夫人リサーナは、マティマナとギノバマリサが城で暮らしているのを大歓迎している。その上で、時折、聖女見習いライリラウンが訪ねてくるらしいことも、喜んでいた。

「ひとり帰ってしまうと、ちょっと寂しくなるかな？」

ルードランは、名残惜しそうにしているマティマナへと労るように声をかけてくれる。

「また逢えます。何より、わたしには、ルーさまがいてくださいますし」

「僕が、なにかと忙しくてすまないね」

そうは言いながら、多忙になっている公務の合間を縫い、ルードランはなにかと一緒にいてくれた。マティマナが一緒に参加する公務も増えていくらしい。

向けられるルードランからの笑みに、幸せな思いが心いっぱいに拡がる。

同じように幸せを届けたくて、マティマナも笑みを向けた。

掃除の仕事はライセル城では不要な状態だ。

マティマナはせっせと聖なる品を造ってはいたが、それでも時々、手持ち無沙汰な感じがして、こっそり雑用魔法での磨き仕事を探して歩き回ってしまう。

「マティマナ～！　仕事を頼んでもいいかな？」

歩み寄ってきながらルードランが笑みを向ける。とはいえ、仕事を依頼するのが申し訳なさそうな表情だ。

「はい！　とても嬉しいです！　どのようなお仕事でしょう？」

わくわくしながらマティマナは訊く。

「家令が当主交代での書類や巻物の整頓に大わらわになっていてね。確か、書類の整理はマティマナ、得意だったよね？」

バザックスの書類などを整頓したのを知っているルードランは、それでも申し訳なさそうな表情のままだ。

ふたり手を繋いで家令の部屋のある上階を目指して階段を上がる。

「家令さんの仕事、手伝っていいのですか？」

「う～ん、もう手に負えない感じなのだよね」

「それは、やり甲斐(がい)ありそうですね！」

書類の整頓なら、雑用魔法が使い放題に違いない。

ルードランの複雑そうな表情とは裏腹に、マティマナのわくわく感は増していた。

すれ違う侍女が、ルードランへと流し目を向けていた。ずっと気にしていなかったが、改めて意識するとあらゆる場所で、ルードランやバザックスに秋波を送る下級貴族の侍女が多い。まさに虎(こ)

視眈々。

側室狙いが多いから気をつけるようにと侍女頭から言われていたが、マティマナには気をつけようがない。

(縁談なら、レノキ家の当主とか狙えばいいのに？)

確か独身よね？　別に、都を越えても構わないはず。レノキ家は比較的ルルジェの都に近いし……。

マティマナは、そんな風に、ぼんやりと思考を巡らせていた。その心の動きは、ルードランへと伝わっていたようだ。

(ナタット殿は、執事殿が離さないというか、離れないというか……)

相思相愛のようだよ、と、ルードランは微笑ましそうにマティマナの心へと呟きを届けてきた。

ええええ!?　それって家として大丈夫なのぉ？？？？

マティマナは、吃驚してひっくり返りそうだったが、ユグナルガでは婚姻は男女問わないし、重婚も可能だ。いずれギノバマリサの子をレノキ家へ迎えたいというのは、そういう事情も鑑みてのことなのだと不意に察した。

マティマナの驚く顔を見つめ、ルードランは愉しそうにしている。

まあ、愛し合っているのなら幸せを祈るのがいいわよね。

それで例の美貌の執事は、いつもギノバマリサを送り届けると速攻でレノキ家へと戻っていたのか、と納得した。

「呪いの品が蔓延していた二年近く、うまく片づけられなかったようなんだ」

ルードランは、ようやく理由がわかったよ、と、言葉を足した。

「最近のものは、問題なく収納されていくのですが、数年分の蓄積が……」

家令はほとほと困り果てた様子で呟いた。

「あ、呪いの影響で、書類が整頓できない状態だったのですね」

「書類の整頓がお得意だとか。お手伝い願えますか？」

「はい！　喜んで」

「こちらです」

家令の執務室は綺麗に整えられていたが、案内された隣の小部屋は酷い惨状だった。

大きな卓が見えてはいるが、床には紙類が堆く積み上がっている。

「この紙類ですが、書いた者ごとに仕分けて、日付けの古いものが後ろに、手前が最新になるようにしたいのです」

「この紙の山で、すべてですか？」

ものすごい量の紙が、部屋を埋め尽くしている。どうにもならず床に積み上げて放置したらしい。

マティマナは呆れたのではなく、確認の意味で訊いた。更に隣の部屋にもあるなら、同時に進めたほうがいい。

「そうです。誠に面目ないというか、申し訳ありません」

「いえいえ！　書類整理、嬉しいです！」

書類整頓用の魔法を、紙の山に浴びせてみる。

陳情書のような単発のものも交じっているが、同じ人物が書いた書類が多数ある。ただ、書き手の人数は多いし、順番はバラバラ、他の者の書類とごちゃ混ぜ状態だ。

一応、作業用の大きめな卓があるので、紙の山に魔法を撒き、まず書いた者ごとにまとめ、卓に上げた。

紙の上下や裏表も同時に揃（そろ）えた。

あとは、魔法をかけつつ軽く触れれば紙の順番は好きにできる。

上から新しい順になればいいのよね？

マティマナは、とんとんとん、と、紙束に触れながら魔法をかける。紙束は一瞬光ってすぐに希望の順番どおりになった。

「こんな感じですかね？」

それぞれ一瞬だ。それぞれの塊（かたまり）ごとに、目立たない小さな紙挟みで留めてみた。

「え？　終わったのですか？」

「はい。できました！　あ、紙挟み、邪魔でしたらすぐはずします！」

「ちょっと、早すぎやしませんか？」

しかし紙束は、大卓の上に規則正しく並んでいる。家令は、大卓へと歩み寄り、ひと塊ごとに確認して驚きの声をあげた。

「本当にできていますね！　それに、この紙挟み、とても良いです！」

「お役に立てたなら、嬉しいです」

半ば放心するような表情で、家令は驚いてくれている。

ずっと放置するしかなかったらしき書類の山は、綺麗に片づいた。

「あ、巻物の収納とかはどうです？」

言いにくそうにしながら、家令は希望に満ちた表情で訊いてくる。マティマナは、パッと嬉しくて仕方ないような表情を浮かべていた。

「収納の決まりはありますか？」

別の小部屋へ案内されながら訊いた。

「大量ですが、日付け順に積み上げてくだされば」

巻物収納用の多段の棚が複数ならび、巻物は乱雑に床に飛び散っている。

「古いものが下方の棚だと助かります」

「わかりました！」

マティマナは床全体の巻物にいったん魔法を振りかけた。開きかけの巻物はしっかり巻く。その後は片づけの魔法で、日付順に印をつけるような感じにし、一瞬で棚へと収納した。

日付けを大まかな書いた厚紙のような仕切りで区切っておく。

「もっと日付け、細かいほうがいいですか？」

「いやいや、充分です！　なんと……これも一瞬ですな」

わかりやすくて大助かりです、と、棚を確認しながら家令から言葉が足された。

ルードランの当主引き継ぎが手間取っているのは、こんな風に、呪いの品が密かに置かれていた頃の影響が蓄積されてのことのようだ。

「また何かありましたら、いつでもお声をかけてくださいね」

とはいえ、こんな乱雑な事態が方々に発生して放置されていたら、とっくに大騒ぎになっているだろう。

家令の管轄には重要な書類が存在すればこそ、人海戦術に頼ることはできず放置せざるを得なかったに違いない。


「マティマナの魔法は、とてもいいね」

少し離れたところで、家令の指示でマティマナが片づけする様子を見ていたルードランは、部屋を出ると手を繋ぎながら囁(ささや)いた。

「お役に立ててよかったです。片づけしたかったから嬉しいです」

思うように片づけができ、マティマナは上機嫌だ。

「これで必要な書類も見つけやすくなるだろう」

ルードランはホッと一安心、といった表情だ。

異界との交易を希望する者が徐々に増えているので慌ただしい日々が続いていた。

「少し魔法の練習でもしようか」

そう言いながら、ルードランはマティマナと手を繋いだまま転移して塔の最上階だ。

「いいですね。ルーさまと、ここで過ごすの好きです！」

ルードランに転移させてもらうのも嬉しい。マティマナの雑用魔法のなかには、やはり転移は見当たらない。

「僕もだよ」

軽く背側から抱きしめられ、マティマナはルードランの腕へと手を絡める。

共に海を眺めながら、至福のひとときを過ごした。


ディアートから教えられる作法的なものは、ほとんど及第点をもらえた。

難儀なのは、王族の系譜。代々の女王の名を覚える必要はないとはいえ、なかなか複雑だ。

「人間界に降りてきた天女が人間に恋して生まれた子供が、初代女王のメリアルリとなったの」

天女は人間の夫を連れて天上へと帰った。天女の名が、ミレールタイク・ユグナルガだったことから、その子孫が治める列島はユグナルガの国と呼ばれるようになったという。

「以来、ずっと女王が統治してきたのよ？　王位継承権を示す光の花は、女性にしか受け継がれないの」

「王位継承権の印は、光の花なのですか？」

「そう。さすがに見たことはないですけど。なにしろ、印があるのは胸元だそうですから」

初代女王のふたりの子供が、クレン家とサート家に分かれた。クレン家は、王家として統治し、サート家は王家の血筋が途切れないためのお役目を果たす。クレン家は女性が生まれにくく、逆にサート家はたくさんの女性が生まれているらしい。

今の男王ベアイデルは裏王家の姫を娶り、王位についた。

「聖王院が守護して秘匿している、もうひとつの王家サート家から、王宮は光の花の印を持つレータナイル・サートを迎えたの。光の花を王へと分ける儀式は神殿巫女が執り行うのですが、私はその頃にはまだライセル城にいましたからね」

「一般へと知らされていないことが多いのですね」

ディアートは頷いた。

ライセル家へ嫁ぐのでなければ、知ることのない事柄のようだ。

「四代女王のとき、妹には男子しか生まれず、息子と共に王家を出て、ウルプ家となった。最初の王家由来の大貴族ね。天が認定しているわ」

五代女王の弟が王家を出てフェノ家に、六代女王の兄がソジュマ家に。七代女王のときに、レノキ家とライセル家が、それぞれ天上が認定した王家由来の大貴族となった。

「今は十四代だから、長い歴史を経ているのですね」

「ライセル家以降は、王家を出た者に王族としての地位は与えられていないのよ。出た者のみ一代は王族だけれど、子孫は継げないわね」

天からの許可が下りないのだそうだ。

王家の系図を眺めたり、ルルジェの都における貴族を把握したり。ディアートが数年かけて得てきた王宮での知識。これらを教わるのはルードランと結婚した後も、続けることになりそうだった。

「作法については、あとは王宮対策ね。王宮のみの特殊事項は習得が若干必要よ」

「王宮に挨拶に行くのでしたね」

マティマナは王宮と聞いて少し緊張感が高まる。

ルードランの婚約者として行くか、結婚後に行くかは、まだ未定だ。だが王宮を訪ねることは確定している。ルードランの当主就任報告と奉納舞いが必要なのだ。なので、王宮での作法を学ばねばならない。

「マティが行くのは、王宮での行事に合わせての挨拶になると思うの。だから奉納舞いは、夜会のように何組かで踊るはずよ」

ディアートは、ルードランの挨拶は、行事の折に組み込まれると前例から考えているようだ。

「曲は、いつものなのかしら？」

ひとりで踊る部分が多い曲。

「そう。貴族の令嬢たちの見せ場ね」

「創作して踊ってしまっていいのかしら？」

「もちろんよ！　ぜひ派手に踊ってきてね」

奉納舞いに関しては、全く心配してないわよ、と、ディアートはにっこり笑みを向けてくれた。

「問題は、王宮での行事は食事付き、ってこと。お振る舞いを食することになるから、練習が必要ね」

ディアートは思案げな表情で言葉を紡ぐ。

「え？　特別な食べ方が必要なお料理が出されるのですか？」

所作とは別に練習が必要な食べ方があるらしい。マティマナは、ちょっと身構える。

「料理は、あまり変わり映えしないでしょうね、とても美味だけど。ただ、天上から伝わった伝統で箸(はし)を使って食べるの」

ディアート自身は苦労したらしく、溜息交じりに告げられた。

「箸？　あ、えと、料理するときの菜箸みたいな感じですか？」

食事用の箸というのは見たことがないが、菜箸ならば使い慣れている。

「そんなに長い箸じゃないけれど。菜箸使えるの？」

「はい！　料理、得意です」

マティマナは家事全般が大好きなのだが、ルードランの婚約者としてライセル城にいる分には家事は全く不要だ。ただ、下級貴族としてライセル城へと夜会などの裏方の手伝いに来ていたときは、よく厨房で手伝ったし、菜箸も使っていた。

「それなら、わりと楽勝かもしれないわね！」

試してみることになり、食事の時間は作法を教わりながらディアートとふたりで過ごすことが増えた。

「短い箸、可愛いですね」

菜箸とは使い勝手は全く違うが、綺麗で可愛い。それに、何気に便利な感じがした。だいぶ慣れたせいもあるが、自在に使えるようになってきている。細かい作法はディアートに叩き込まれた。

「ふふ、マティ、ちゃんと箸が使えていてすごいわよ。もう、私より扱いが上手かも。これなら安心ね」

「よかったぁ。ほっとしました」

箸を上手に使うため、器の豆を別の器に移す練習を教わったので自室で奮闘していた。

頑張った甲斐はあったかな。

安堵しながらも、箸の使い方も、ずっと継続して練習したほうがよさそうだと感じていた。

理不尽に婚約破棄されましたが、
雑用魔法で
王族直系の大貴族に
嫁入りします！

第7章 死霊使いの虜囚

マティマナは息抜きにライセル城の庭園を散歩していた。

主城内を歩くときのための寛ぎ着なので、庭園といっても来客とかち合うことの少ない中庭を歩いている。

季節ごとの花が美しい中庭は、夏の花が盛りだ。

ルルジェの都は温暖で夏はかなり暑いのだが、ライセル城は王家由来の魔法の働きで、過ごしやすい温度が保たれていた。

あら？　黒いテントウ虫？　黒……？

花壇の花にとまる小さな昆虫らしきものがマティマナの視野へと入っていた。

通常の赤い星ではなく、紫の燐光めいた発光？　と、認識した途端、それはマティマナへと突撃してくる。マティマナは無意識に魔法を撒いたが、テントウ虫に似た蟲はマティマナに激突し触れて消えた。

え？　転移？

ぐらりと視界が揺れ、転移に巻き込まれているとわかった。蟲が触れたことで転移の魔法が発動したらしい。

「何？　ここ、どこ？　なにが起こったの？」

知らない気配。薄暗い場所だ。

異様に不浄で嫌な感覚に包まれた。呪いとは違う、だが触れては危険だと本能的に忌避してしまう。ぼんやりと見えているのは乱雑な床に多数転がる死体らしき物体。確実に腐っているように見えるが、臭気漂うはずの景色はマティマナを包み込む雑用魔法が遮断していた。視界は不鮮明だが、異様な場所に転移させられてしまったようだ。

何？　何なのこれ……。

ザワザワと身体に蟲が這い上がってくるような錯覚に寒気がする。

とても掃除が可能な汚れかたじゃない！

どんなに魔法を撒いても、綺麗にすることは不可能だとマティマナは感じた。それは絶望的な感覚だ。

マティマナの雑用魔法が徐々に自らを取り巻き、自動的に球体のような形を造り出していた。マティマナは聖なる光に包まれ、不浄と感じられる忌まわしさのなか、宙に浮いた状態だ。

「我の鳥籠にようこそ」

変な響きの声が聞こえた。キーラにもらった言語で訳されている。

不気味なくぐもった響きだ。嗤いを含む声。その響きは、聖なるものとは真逆な穢れたような波動をマティマナに浴びせかけていた。

姿は暗がりでよく見えない。応えに窮してマティマナは黙したままだ。

まさか、死霊使いの国ベルドベル？

雑用魔法の光に包まれているためか、光の外の景色はよく見えない。いや、見えても見たくない。包み込む護りの雑用魔法が少なかった最初のうちに、マティマナはぼんやりと景色を見てしまっていた。恐らく周囲には、ありとあらゆる種類の大量の死骸が放置され異臭を放っているはずなのだ。

魂魄擬きを入れられた骸が彷徨いている？

死霊の形になって操られている？

雑用魔法が気配を感じとって騒いでいる。そんな異常な感覚は初めてだった。

「くくっ、聖女とやら。お前さえいなければ、ガナイテール国も、人間界も、征服できる」

歪んだような声は、暗がりに掠れるような嫌な響きだ。絶望を強制する効力だ。忌まわしき術をマティマナに染み込ませようとしていた。

魔法に似ているが、死霊使いの術は悪しきものだ、と、雑用魔法はずっと警告している。

声を聞いているだけで、暗がりに沈み込みそうで危うい。

ルーさま……！

マティマナは心で名を呼び、ルードランの姿を必死に心に思い描いた。その姿を、しっかり認識できていれば、きっと正気でいられる。

「あなたは誰？　ベルドベルの人なの？」

ようやくマティマナの唇が、言葉を紡ぐ。

死霊使いらしきが人であるかどうかは定かではない。だが多分、この交わしている言語はベルドベルのものだ。

マティマナの声は震えていた。だが、気力が尽きたら拙いことだけは不思議とわかっている。怖さに囚われないように、必死で声を振り絞っている。

「我は、シェルモギ。ベルドベルの王にして死霊使いだ」

ここは異界。やはり鳳永境のベルドベル国のようだ。

どうやって、わたしを転移させたの？

マティマナはくらくらする頭で必死に思考する。ライセル城に、蟲がいた。しかも中庭だった。

「……蟲……、どうやってライセル城に入れたの？」

マティマナは訊く。少しでも情報が欲しい。蟲に転移させられたのは確かだろう。だが、異界通路を辿って人間界に来ることはできても、ライセル城に通行証のない鳳永境のものが入ることは小さな蟲であれ不可能なはず。

「お前達が退治し尽くす前に、異界通路を往復し転移可能になった蟲がいたのだよ。術を施し、人間界側の異界通路に潜ませ、人に付着させて建物の外に出し、お前を捜した」

わたしを？　なぜ？　でも、この男は、わたしを聖女だと知っていて捕らえている。

聖女が邪魔なのね？

「わたしを、帰して。戦争になるわよ！」

冷や汗が流れるような感覚のなか、必死で言い放つ。転移が使えれば……。否、転移が使えたとしても、聖なる存在を閉じ込める強烈な力が働いている。鳥籠……死霊使いの鳥籠のなかなのだ。

マティマナは自らの魔気量を知ることはできないが、大量に魔気を消費しているのはわかった。雑用魔法はマティマナを護るために聖なる球体を保つことを優先している。それには膨大な魔気が必要だ。

「誰も、お前の行方を知らぬのにか？」

せせら笑うようにシェルモギという名の死霊使いにしてベルドベルの王は言い放つ。

「嫌よ、こんな穢いところに、わずかな刻だっていたくないっ！」

姿がよく見えないシェルモギへと向け、聖女の杖を振るって魔法を投げつけた。

だが、護るように取り巻く雑用魔法の外へ魔法は出てくれない。

「くくっ、ここが不浄なことはわかるのだな。お前は、その空間、我の造った檻である鳥籠より出ることは叶わん。いくらでも魔法を使うがいい。否、魔法が途切れたら、お前は鳥籠の造り出す不浄に埋もれる。放っておけば、いずれ死ぬ」

マティマナは、死霊使いの空間である鳥籠のなか。聖なる力は、鳥籠にか自らの雑用魔法の護りにか阻まれて使えない。ただ雑用魔法によって放たれる聖なる力は辛うじて死霊使いの力を弾いていた。檻だという死の空間を聖なる光で穿ってギリギリ命を繋いでいる。だが、魔気が尽きたら転がっている死骸の仲間入り。そして、死霊使いの操り人形となるのは明白だ。

「死ぬ前に聖なる力は尽き、死霊の穢れにまみれて聖女ではなくなる」

死による救いなど与えるつもりはないらしい。

「堕落した聖女の死骸は、さぞ美味なる舞いを披露してくれるだろう。皆を死へと誘う穢れた黒き聖女となれ」

死霊使いの仲間にしたいのか、死霊にしたいのかは謎だ。だが堕落した聖女、穢れの染みた聖女は、シェルモギにとって至上のご馳走らしい。

「嫌よ！」

声は震えて悲痛な響きだ。

ルーさま、助けてっ！　ルーさま！

何度も何度も、心のなかで名を呼んでいた。

今ごろ、どうしているだろう？

確かに、マティマナが拐（さら）われたことに気づいた者はいないだろう。それが、マティマナの心に激烈な絶望感を運んでくる。

「骸（むくろ）となる前に、我のものになるがいい」

そのほうが楽だ、と、誘惑めいて穢れた響きの声は続いた。穢らわしく不快で恐怖心が募って苦しいが、雑用魔法が続く限りは安全らしい。とはいえ、自らの魔気量がどのくらいで、どのくらいの魔気量を雑用魔法で使用しているのかマティマナには知る術（すべ）がない。

ただ、直接の手出しはできないようだ。こちらの力が相手に届かないように、シェルモギの力もマティマナに届かないのだろう。シェルモギはしばらく誘惑し続けていたが、声は止まり、マティマナは不浄な空間に、ひとり放置された。床に降りることも、これ以上魔法の空間を拡げることも、身体を前後左右に動かすこともできない。

小さな檻、鳥籠に囚われている。それは幻想めいて感じられるが真実らしい。

「穢れた闇の力に浸（ひた）り、死の国の女王となれ」

シェルモギは時々、魔気が尽きたか確認するかのように訪れては、誘う言葉を猫撫（ねこな）で声（ごえ）でかける。

時折、ちらりと、闇のなかに姿らしきが見えた。暗い黒の外套。頭巾を目深に被っているが顔は髑髏のようだ。

しかし魅惑する言葉らしきをかけ続けられても、少しもマティマナの心には響かない。

「あなたに屈するくらいなら、消えたほうがマシよ！」

力なく、しかし確固としてマティマナは告げる。

「お前が掌中にあれば我は無敵だ。お前は我と組めば、この世界を制覇でき何もかも思いのままにできる。その豊富な魔法に死の力を加えれば、太刀打ちできる者はおらぬ」

聖女が邪魔だったのじゃないの？

マティマナは、少し違和感を覚えたがくらくらする思考では吟味することは叶わない。

「穢れた存在にされてしまうくらいなら、消滅の道を選びます！」

宣言してみせたが、自分の消滅方法など知らない。だが、死んでは駄目なのだ。死霊使いは聖女としての死体を好き放題に利用できる。すでに消滅以外に助かる道はないのかもしれないと、マティマナは思いはじめていた。

だが、消滅されるのは惜しいと思ったのかもしれない。

シェルモギは、黙って離れていった。

少し時間が稼げたかも？

時間が稼げた間にマティマナが取れる手段は、ひたすらルードランに呼びかけることだけだった。

心での会話が届けば、きっと――！

何らかの道は開かれるはず。気づいて！　ルーさま！

唯一の希望に縋りながら、いつ途切れるかもわからない雑用魔法を、マティマナは撒き続ける。

ただ、異界と人間界とに引き離されていたら、声は届くだろうか？

それだけが気がかりだ。

マティマナが撒き続ける魔法が届くギリギリのところでは、不浄な魔法が相殺されている。いや、マティマナの魔法が、不浄の魔法によってドンドン吸い上げられているのかもしれない。

それは同義のようだった。


マティマナの魔法と、不浄のかち合うあたりは、ずっと掠れたような不鮮明な状態だった。浮いているし、よく見えないのが幸いだ。たぶん、見えていたら、疾っくに気が変になっていた。

間違いなく床は死体の山だ。ありとあらゆる種類の死骸。雑用魔法の造り出す球体に囲まれていなければ、臭気も酷いだろう。


ルーさま！

魔法を撒くようにしながらルードランの存在を捜し、心のなかに声を響かせた。きっと、ルードランも捜してくれているはずだと、マティマナは信じている。場所を示すように、何度も、ルーさま！　と、繰り返す。

『少しでも眼を離すべきじゃなかった！』

ルードランの声が遠くに聞こえる。朧気に姿も。

幻聴？　幻覚？

いえ？　たぶん、わたしはルーさまの現状を、なんらかの方法で視ている……。

マティマナを捜して走りまわっているようだ。法師もキーラも、一緒に捜してくれている。

ルードランは蒼白な気配になっていた。

『異界に連れ込まれたのかもしれません。城の敷地内にマティマナ様の気配がありません』

ルードランの耳に届く法師の声。そんな会話や様子は、ルードランの耳縁飾りから、自らの耳縁飾りへと不鮮明に伝わってきているとわかった。

皆は、ライセル城にマティマナの気配がないので、異界への螺旋階段を走り下りている。

（ルーさま、ここです！）

無駄かもしれないが、耳縁飾りの絆に賭けて呼び続けた。ライセル家に由来の品。対の存在は思いがけない力を発揮することがある。悲痛な願いを、耳縁飾りを通すようにマティマナは雑用魔法に混ぜて送り込む。雑用魔法を大量に撒きながら。

やがて、幻のような皆の姿が淡く、少しずつ鮮明に視えてきた。

（ここです、助けて！）

耳縁飾りの絆への賭けは、効いてる？

魔気が尽きたら終わりだけれど、どのみち声が届かなければ終わりだ。

（マティマナ？　どこだ？　声が……？　どこにいる？）

異界通路を抜けたようだ。幻聴ではない。

今、わたしたち、同じ鳳永境にいる！

（ここです！　って、目印ないのですよね。ああ、でも、ルーさまの声、聴こえてる！　耳縁飾り、きっと、目印にできる……！）

ルードランは緊急時に、はじめての場所にマティマナを連れて転移したことがある。あの時は、悪魔憑きのロガへとかけたマティマナの雑用魔法が目印になった。

互いの耳縁飾り。そこに雑用魔法を注げば……！　わたしはここにいる！

泣きそうなのを我慢し、マティマナは自らの耳縁飾りからルードランの耳縁飾りへと意識を集中させる。目印になるように、一層、大量に雑用魔法を注ぎ込む。

（マティマナ！　魔法の光が……視えてきた……！）

ルードランも、マティマナへと意識を集中させてくれている。

――耳縁飾り同士が重なり合う感覚！

すると、離れているのに、ルードランの耳縁飾りでの転移が働いたようだ。

マティマナがひとり閉じ込められていた狭い魔法の空間のなかへ、ルードランが、ふわっ、と、飛び込んできた。

「ルーさま！　ああっ、本当にルーさまですね！」

間違いない。姑息な幻覚など、この聖なる雑用魔法の空間には入ってこられない。

空間のなか、ふたり抱きしめ合う形で浮いていた。転移するときのようにルードランの腕に、しっかりと包まれている。

「ああ、マティマナ！　よかった！　見つけた！」

ふらつきながら必死で意識を保ち、ルードランにしがみつく。

「ありがとうございます！　もう、消滅するしかないと、覚悟を決めるところでした」

まだ助かったわけではないが、もう絶望的な状況ではない。

「……消滅？」

「だって、ここで死んだりしたら、死霊使いに好きに使われてしまいます。方法はわからなかったのですが……」

「ここは、ベルドベル国なのか？」

死霊使い、との言葉でルードランは思い当たったようだ。それまで、マティマナの姿が消えた原因には全く見当もつかない状態だったのだろう。

「死霊使いであり、ベルドベルの王シェルモギの仕業です」

「一刻も早く、抜け出そう」

「はい。もう、魔気が尽きるかも……」

積もる話はたくさんあるのだが、限界はとうに超えているとマティマナは感じていた。ルードランに抱きしめられライセル家の魔法が滲んでくるのが、辛うじてマティマナの魔法の発動を助けてくれていた。

ルーさまが一緒なら、きっと転移で鳥籠から出られる……。

ルードランは一度行ったことがある場所に、マティマナとなら転移ができる。抱きしめられれば確実な転移だ。であれば、きっと、この不浄な鳥籠からでも脱出できるに違いない。

「お前は何者だ！」

不意に、空間の外から気味の悪い響きの声がした。シェルモギが戻ってきたようだ。

空間に仕切られているせいか、声は歪み、姿は不鮮明。だが、激しく怒っている気配はわかる。

「シェルモギか！　マティマナをこんな目に遭わせて。決して許しはしない！」

ルードランは怒りを押しとどめるような気配で宣言している。そして、マティマナを抱きしめたまま転移に入った。

やっぱり転移可能なのね！

まさしく希望の光のように感じられた。聖なるものを閉じ込める鳥籠も、ルードランの腕のなかにいるものを掠め取ることはできないようだ。ルードランの腕のなかにいれば、シェルモギの鳥籠から出られる……！

空間を抜け出す刹那、シェルモギの姿が一瞬、鮮明に浮かび上がった。

戦慄するほどの超絶美貌、黒髪に怪しく赤く光るような暗く青い眼。暗い、というか翳りがある故の美しさだ。本来、美などとは無縁でありそうな姿は、冒瀆的に美しすぎた。

頭巾付きの外套に見えていたのは、豪華な司祭めいた衣装。美しい宝石で飾られているのに悪しき穢れで黒く闇を放つ。髑髏めいて見えていたのは仮面だったのか。

ほんの刹那が強烈に長い刻のように感じられていた。

ルードランと共に空間を抜け出すと、マティマナの放つ雑用魔法が造り出していた聖なる空間が、不浄によって圧縮されていく。やがて、コロンと、雑用魔法の結界が結晶して転がり落ちた気配。

マティマナは後ろ髪引かれる思いだ。

「聖女マティマナ、気に入った。必ずや迎えに行こう」

「決して、君の手には渡さない。もう二度と、君には攫うことはできない」

ルードランは転移中に即座に言葉を返している。

力ずくで我がものに、と、シェルモギの高嗤いが聞こえていたが、転移の完了と共に途切れた。


マティマナは、魔気不足で倒れたようだ。無事にライセル城に戻れたらしい。ぼうっと意識のないまま、夢に似た感覚で身体の外の景色を視ていた。

『拙いです！　魔気が枯渇寸前です！　聖女の杖に保管された魔気も空です』

寝台に横たわるマティマナへと、法師が魔気を補充してくれているようだ。

『足りません。このままでは、目覚めることができない』

元々の魔気の器が途轍もなく大きいので、通常の回復では全く間に合いません、と、法師の言葉が足されている。ありったけの、魔気の回復薬も注がれたようだが、あまり足しにはならなかったようだ。

『僕の魔気を、分けてあげてくれないか』

『わかりました』

法師はルードランとマティマナを、魔気の通路めいたもので繋いでいる。ルードランの魔気がゆっくりとマティマナへと注がれてきた。

『ありったけ、注いでくれ』

焦燥に駆られたようにルードランが法師に告げている。

だめです、ルーさま！　そんなに大量の魔気！

マティマナは、必死に声を届けようとするが、夢のなかで声をあげているようなものだ。

『限度はありますが、もう少しだけ』

さすがに王家由来のライセル家のルードランは、豊富な魔気量なのだろう。どんどん注がれマティマナの苦痛は和らいでいる。だが、異界の異様な空間のなかへの突入と脱出の転移で、ルードランも、かなりの魔気を消費しているはずだ。あまり注いでは、今度はルードランが危険になる。

起きなきゃ！　起きれば、魔気の流入を止めさせられる！

「……あっ……」

マティマナは、必死で意識を浮上させた。深く潜っていた水中から不意に上がってきたような、そんな苦痛があった。呼吸がうまくできずに、寝台の上でしばし咳き込むような感覚で苦悶してしまう。

「マティマナ！　気がついたのか！」

ルードランが手を握ってくる。法師も安堵した表情で、ルードランと繋いでいた魔気の通路を消した。

魔法が使えるような魔気量には回復していないようだが、マティマナは必死で呼吸を整え、何度か瞬きする。

「ルーさま……ああ、助けてくださって……ありがとうございます」

掠れたような嗄れ声になっていた。力の全く入らない弱々しい声だ。

「ああ、よかった！　目を覚ましてくれて」

ルードランは手を取ったまま、床に膝をつきマティマナの肩口に額を押し当ててきた。マティマナが意識を失ったまま、もう目覚めないかもしれない……という恐怖をルードランは強く感じていたようだ。

「諦めないでくれて感謝する……」

くぐもった声。今にも泣きそう――ルードランの泣き顔など想像もできないけれど――そんな感情の渦が心に雪崩れ込んでくる。ルードランは、まだ蒼白で、かすかに指が震えている。極限まで心配させてしまったようだ。

それでも、絶望に呑まれる前にルードランの元へと戻れた。握られた手の温もりにマティマナの唇からは弱く安堵の吐息がこぼれる。

手を取ったままマティマナの身体へと伏せ気味だったルードランの身体が起き、間近で見つめてきた。

そしてルードランは深く安堵したように呼吸を整えた。

「魔気が尽きる寸前でした。聖女の杖に保管していた魔気も底をついていました」

危なかったです、と、真っ青な顔のまま法師が告げる。

「一体、どうして、あんなことに？」

ルードランが訊いてきた。

皆にしてみれば、気がついたときにはマティマナがどこにもいない、という状態だったろう。

「中庭を散歩中に、小さな黒いテントウ虫が突撃してきました」

マティマナにとっても、ほんの一瞬の出来事だった。マティマナは、寝台の上で上体を起こし、少しふらつく頭の感覚に、額を支えながら呟（つぶや）いた。

「次の瞬間には、あの空間に閉じ込められていて……」

どのくらいの間、囚われていたのか、マティマナには全くわからない。

「昼頃にマティマナの姿が見当たらないと気づいて。すぐに手分けして捜したのだけれどね」

夕刻になっても手がかりがなかった。と、ルードランが呟いた。

その後、城のなかに気配がないと気づき、異界へと来てくれたのだろう。

ならば半日経たないうちに、全魔気を使い果たしたことになる。本当に危なかった。

「異界で皆が蟲を退治していたとき、隙をついて螺旋階段を往復した蟲がいたのだそうです。ベルドベル王シェルモギは、その蟲に術を施して、ライセル城に。テントウ虫は小さすぎて、人に付いて外に出ても誰も気づけなかったようです」

マティマナは、シェルモギの言葉を思い出しながら状況を告げる。

小さな死霊蟲を操り、マティマナを転移させた。恐るべき技だ。

「マティマナを、どうにかして守らねば」

ルードランは、かなり蒼白な気配で決意したように呟く。シェルモギは、マティマナに随分と執着していた。ルードランもさすがに気づいたろう。

「小さな蟲に入り込まれたら、防ぎようがない気がします」

マティマナは力なく呟いた。

「戦闘で倒した死霊蟲の種類は、入り込まれたとき自動的に駆除するように異界通路の出口に設定しました」

ご安心ください、と告げ、法師は部屋を後にした。

「マティマナ！　ああっ、僕は、マティマナなしでは絶対に生きられない！」

法師が扉を閉めた途端、寝台へと崩れ込むようにしながらルードランはマティマナの上体をギュッと抱きしめ懇願するように言った。ルードランの身体は、わずかに震えている。

マティマナは反射的にルードランに抱きつき、背に腕を絡めて抱きしめ返す。力は弱い。

「頼むから、どこにも行かないでくれ！」

掻き抱きながらルードランは続けて言葉を紡いだ。

ガシッと抱きしめられ、苦しいくらいだが安堵感はとても強い。

囚われの身の間、ずっとルードランの名を呼び続けていた。マティマナのほうこそ懇願したい思いだ。ルードランなしで生きることなどすでに考えられなくなっている。

いかにルードランがマティマナにとってかけがえのない存在になっていることか。

ルードランの身体の温もりに、半ばに減ったままの魔気がじんわりと回復していく感じがした。とはいえ全快まで戻るには、どのくらいかかるのか見当がつかない。こんなに大量に魔気を消費したことは初めてだ。

「わたし……ルーさまがすべてです」

弱々しいままの声で囁き、ルードランの背へと絡めた腕に淡く力を込める。

「マティマナ。消滅なんて、絶対したらダメだよ。考えるのもダメ！」

抱きしめたまま、ルードランは必死に諭す口調だ。

マティマナはわかりましたと伝えるように頷く。

そんな魔法は元より知らない。それに、ルードランと一緒にいれば、きっと、もう、そんなことを考える必要などないに違いない。

「マティマナは、いざとなればやりそうで心配だ。何があっても必ず助けるから。いや、手放したりしないから」

「ルーさま……」

わたし決してルーさまから離れたりなどしません……。

誓うようにマティマナは心の言葉で囁いた。


「マティ、これを、身につけて」

部屋へと見舞いに来てくれたライセル夫人が、心配そうにしながら豪華な肩掛けをマティマナへと、ふわりとかけた。

「気休めではありますが、良くない魔法を弾く品です」

優しい笑みを浮かべながら、告げてくれる。

上等な品なのだろう。繊細な感触で、とても軽く、しかし安堵感をもたらしてくれる。

「あ、ありがとうございます。とても綺麗で、魔法の力、感じます！」

「ゆっくり休んでね」

休んでいたところ、ごめんなさいね、と囁き足しながらライセル夫人はそっと立ち去った。

ルードランは、公務の合間に頻繁に部屋へと出入りしてくれている。

休むといっても、立ち上がって歩くことがしにくいだけで、マティマナは眠くもないし、暇だった。

「あ、暇だからって、魔法使ったらダメだよ」

ルードランはしっかり釘（くぎ）を刺す。

「まだ……戻りませんかね？」

自分では、魔気の不足が全く把握できない。もっとも把握できていたら、シェルモギに囚われたとき、魔法の出し惜しみで早々に敗北していただろう。

「魔気が元に戻っても、マティマナは異界に行くの禁止だよ」

ルードランに続けて釘を刺され、マティマナはこくこく頷く。実際、シェルモギの魔の手が怖すぎて異界へ行きたいという思いは消えていた。鳳永境（ほうえいきょう）の異界通路のある広場は、そのままベルドベル国との国境に繋がっている。シェルモギの力が働きやすい場所だろう。

「主城から出るのも怖いです」

「そうだろうね」

中庭で死霊蟲に襲われたのだから無理もないよ、と、ルードランはマティマナを抱きしめながら囁いた。

暇ではあるが、なにかと、見舞い客が訪ねてくれるのが幸いだ。

ディアートは、魔気の回復しやすい飲み物を差し入れてくれた。

バザックスもギノバマリサと一緒に見舞ってくれている。

「例のふたつの鉱石は、義姉上（あねうえ）が使うのがいいようだね」

バザックスは興奮した気配を押し殺しながらマティマナに告げた。

「バズさま、古文書から、あの鉱石の記述を見つけたの。素晴らしいことよ！」

ギノバマリサが嬉しそうに補足する。

「古文書によると、魔気細工をするときの触媒となるらしい。回復したら、ぜひ見せてほしいね」

バザックスは、マティマナが魔法の品を造る際に鉱石を触媒として使用することで、新たなものが造り出せるのだと説明してくれた。

雑用具的なものから聖なるものに至るまで、いかなるものの加工においても触媒となるらしい。

触媒？

マティマナは首を傾げる気配で聞いていたが、要は、魔法でなにか造る際になんらかの方法で関わらせればいいようだ。

異界の店でも、魔法の道具造りに便利、と言っていた。

あれ？　わたし、雑用具以外にも何か造れるってこと？

意外に色々造っていたことは、ルードランと話をしていて気づいたが、なにか役に立つものが造れるかもしれない。

バザックスは、ふたつの鉱石をマティマナの部屋の棚に飾るようにして置いていく。

ふたつの鉱石は綺麗な魔法の光で淡く輝いていた。

理不尽に婚約破棄されましたが、
雑用魔法で
王族直系の大貴族に
嫁入りします！

第8章 マティマナの触媒細工

「さすが聖女マティ！　魔気の回復が早いわね！」

ぱさぱさと小鳥の羽音が聞こえたかと思うと、驚愕したような声が響き渡った。

何度か見舞いに来てくれたキーラは、人型になると緑の眼を見開いて、何度もマティマナを見る。

そうだ、キーラも魔気量とか視えるのだったわね、と、マティマナは思い起こしてホッとする思いだ。

「完全に元に戻ったのかしら？」

「元々凄まじい回復力だったけど、この戻りかたは異常ね」

完全復活よ！　と、言葉が足された。

「ああ、よかった！　本当だ、戻っているね！　これで一安心だ。とはいえ、護りを固めないといけないいな」

キーラの声を聞きつけたようでマティマナの部屋へと飛び込んできたルードランは、改めて決意した表情だ。

「主城から出なければ、大丈夫じゃないですかね？　魔法を弾く肩掛けもありますし」

のんびりしたマティマナの言葉に、ルードランとキーラは同時に首を横に振る。

「これだから。少しも目を離すわけにはいかないよ」

ルードランは、めっ、と子供に諭すように言った。

マティマナは瞬きしながら、少し驚く。

囚われの恐怖が消えたわけではないが、魔気が復活したら気持ちはすっかり晴れやかだった。

あれ、信用ない？　っていうか、わたし、そんなに危なっかしいのかしら？

色々と無自覚なことは多いと最近わかってきたが、まだまだ自分ではよくわかっていないことがあるらしい。

「魔気が完全に戻ったなら、雑用道具を造るのは構いませんよね？」

それまで止められたら、退屈すぎて無意識のうちに外に出てしまいそうだ。

「もちろんだよ。ただ、マティマナの気が散らないならだけど、人目の多いところで造ってもらってもいいかな？」

本当は、僕がずっと見張っていたいのだけど、と、囁き足される。

「大丈夫です。あ……でも、一緒にいてくださるかたに、失礼では？」

「それは心配しなくて大丈夫」

誰が一緒にいてくれるのか、マティマナはちょっとドキドキだ。だが、道具造りは止められなくてよかった、と、しみじみ思った。


主城に客人を招いたときに使う一階の食堂が、マティマナの作業部屋に設定されていた。調度類の配置換えが済んでいる。

ライセル家の面々が食事する場所と繋がっている扉が開け放たれていた。

マティマナの作業用に巨大な卓が設置され、少し離れたところには寛ぎ用のふかふかな長椅子と低い卓が置かれている。

軽食が可能な卓と複数の椅子という組み合わせも、何カ所かに置かれていた。

ずっと離れたところに、簡易の椅子と机が、ちょっと不自然に並ぶ。

基本、ライセル家の方々が、休憩の名目で立ち寄る部屋になっているとのことだ。

ライセル家の方々がいないときは、法師やら、家令やら、執事やら。それでも、足りなければ侍女頭あたりまでは、マティマナの監視のために訪れるらしい。

「こんな広い卓、ひとりで使ってしまっていいのですか？」

ルードランが座り心地の良さそうな椅子へと導いてくれる。マティマナは座り込みながら見上げて問いを向けた。ルードランは、斜め隣に椅子を持ってきて座る。

「いや、これでも広さが足りないかな、という気がしているよ？」

「さすがに、そんなには造らないと思いますけど」

マティマナは、バザックスが部屋に持ってきてくれた霊鉱石と灰鉱石を卓の上へと置きながら呟く。

鉱石はどちらも水晶の原石のような塊で、軽く手のひらに握れる大きさだ。

「不思議な輝きの鉱石だね」

「触媒の使い方は謎ですが、試してみますね」

片手に持ちながら魔法を使う感じなのかな？　と、霊鉱石と呼ばれたほうを左手で握った。

軽く魔法を撒く感覚で、マティマナは魔法を放つ。

パアアアッと、目映い光が霊鉱石からあふれ、部屋中に拡がった。

「ああっ、ちょっと待って、そんなに拡がらないでぇ」

マティマナが慌てて叫ぶと、光は呼応したように卓の上へと集結してきた。光の粒のようなものに次々変わっていく。淡い紫色の小粒の宝石めいてキラキラ光り、卓へと積み上がった。

「綺麗(きれい)だね！　何を造ったのかな？」

「……えと、わからないです。なんでしょうね、これ」

マティマナは、慌てて収納のための小箱を出して片づけようとしたが、また派手に霊鉱石が光った。

平凡な箱を造ったはずが、豪華な宝石箱のようなものができている。

「そんなに魔法を使って大丈夫？」

ルードランが心配するほど、立派な宝石箱だ。こんなものを普通に造るなど、どのくらい魔気を注げばいいのか全く見当はつかないが、鉱石のお陰か、たぶん普通の収納箱を造る程度しか今は使っていなかった。

「いえ、たいして魔気は使っていないです。それに、造ろうとしたものと全く違うものが……っ」

困惑した声でマティマナは告げてから、いったん、霊鉱石から手を離して、収納箱を造った。

「この小粒の石を入れようと、これを造ったはずだったのです」

収納箱と、宝石箱を手にしながら、マティマナはすっかり動揺している。

「この小粒の宝石は、何を造ろうとしたんだい？」

ルードランは困惑しているマティマナを落ち着かせようとする口調だ。

「なんとなく。いつもの癖で周囲に撒く感じでした」

「じゃあ、清める効果があるのかな？　こっちの、宝石箱も何か効果がある品なのだろうね」

「困りました。なんだか吃驚するものが造れてしまいますが、効果が全くわからないです。使用方法も」

途方に暮れてマティマナは呟いた。

「鑑定する方法が必要ね。なにか良い方法があるといいのだけど」

ふわふわと舞いながらマティマナの監視に加わっていたキーラが思案げに呟く。

「でも、何かしらの効果はあるのだから、次々に造っておけばいいのじゃない？」

しかしキーラはすぐに、そんな風に言葉を続けた。自らは思考を巡らせているように見えるが、マティマナには色々造ることを勧めている。

確かに、色々考えるよりも、どんどん造ったほうがいいのかも？

色々試して造るのが優先よね。

「ありがとう、キーラ！　造れるだけ造ってみます！」

後のことは、後で考えよう。

「いいわね。聖女マティの魔気細工。いえ、触媒細工ね」

キーラはマティマナが細工する気配に嬉しそうにしながら呟いた。キーラの言葉から察するに、マティマナが雑用魔法で品を造るのは、魔気細工と呼ばれているようだ。触媒鉱石を使う細工は、触媒細工というらしい。

触媒細工では、雑用に使う道具とは全く別物の綺麗なものが出来上がってくるのは興味深い感じがした。

どんなものが造れるのか見当もつかないので若干不安はある。だが不思議で綺麗なものが造れそうなわくわくした気分のほうが不安をはるかに上回っていた。

「どんなものが出来上がるか、楽しみだよ」

ルードランも興味深そうにしている。

頷(うなず)くマティマナの脳裡(のうり)を、一瞬、ベルドベル王シェルモギの姿がよぎった。

落としてきてしまった雑用魔法の結界が結晶したもののことが、とても気がかりだ。自分でもよくわかっていないのに、聖なる力の手がかりを敵の手に渡してしまったように感じている。

「ガナイテール国は、ベルドベル国と戦争中でしたよね？」

「一方的に、ベルドベルが攻めてきているようだけれどね」

「ガナイテール国を護れる品がいいですよね。それって、ライセル城も護れることになりますから」

ライセル城からの異界通路はガナイテール国と繋がった。万が一、ガナイテール国に何か企(たくら)みがあるのだとしても、いや企みがあるかもしれないなら尚更(なおさら)、友好を保つ必要がある。

「そうだね。何よりマティマナを護りたい」

ルードランが切実そうに呟く。

造ってみます、と、マティマナは静かながら嬉しさを含む声で告げた。

鉱石を触媒に使って品を造る場合、思っていたよりも魔気の消費は少ない。

マティマナは先に雑用魔法で収納箱をたくさん造ってから、鉱石を使って品を造りはじめた。

まずは、霊鉱石。淡い紫がかった鉱石を握り、小粒の宝石を造ろうとして魔法を撒いた。

キラキラと魔法が広い卓の上に拡がり、集約する感じでマティマナが意図した収納箱に入っていく。しかし、小さな宝石を造っているはずが、小振りの卵くらいの球形物体が出来上がっていた。

半透明の宝石のようだが、二色の液体めいたものがなかで動いている。

「あら……？　なんだか、造るたびに違うものができてしまうみたい」

気にしていても仕方ないので収納箱が満杯になるまで同じものを造ってから、次の箱用に魔法を撒く。

雑巾を造ったはずが、大きさは一緒ながら豪華金糸刺繍(ししゅう)入りの花瓶敷きのような感じのものができたりした。

薄手なので、収納箱のなかには相当な枚数が積み重なっている。

「まあ、マティお義姉(ねえ)さま！　なんて綺麗なの！」

マティマナの監視役になっているギノバマリサが箱のなかを覗(のぞ)き込んで声をたてた。欲しそうにしているが、効果が明らかになる前に手にすることはルードランに止められているようだ。

「使い道は全くわからないのだけど、色々造ってみるわね」

何気に少し動揺しつつマティマナが魔法を撒くと、今度は箒がてきた。

竹箒？

特に飾り気はない。箱には入らず、卓へと凭れかかる状態で十本ほど。

球状のものや、小さな宝石風のものが多いのだが、時々、奇妙に豪華な籠やら袋物、宝石箱なども出来上がった。

灰鉱石は、くすんだ灰色の斑な感じの原石風。

触媒にして造ると、やはり同じように、球状のものや、小さな宝石風のものを多く造ることができた。

ただ、どうやら鉱石を使った細工物は、出来上がった瞬間であれば指定の場所に収めたりできるのだが、再度移動させることはできないので片づけられない。雑用魔法で得意なはずの個数を数えることもできなかった。

とりあえず造った瞬間に収納箱に入れることは可能なので、マティマナは触媒細工にのめり込み魔法具を造ることに勤しんだ。

いそいそと。わくわくと。

そんなマティマナへと、キーラが時折、近づいてきて肩に座る。軽いから、触媒細工に影響はない。

キーラはマティマナからあふれ出す美食にうっとりしているようだ。

「そばにいるだけで、心もお腹も満たされる。ああ、これが天国なのね……！」

キーラは歓喜めいた声でうっとりと呟いていた。あふれている聖なる成分を吸収しているだけだから、マティマナの負担は全くない。

夢中になって触媒細工をしている間に、たくさんの者が出入りしていたようだが、全く気にならなかった。応援されているのがわかるので、より楽しく触媒細工に拍車がかかる。

「鑑定ができる者を探してもらっているからね。すぐに見つかると思うよ」

公務の合間に、マティマナのいる場所を通路代わりにしているルードランが告げていく。

「はい！　ありがとうございます！」

ルードランの声と姿が嬉しくてまたしても勢いづき、思わず多めに魔気を使っていたらしい。長外套のようなものができた。わりあい簡素な品だが着心地は良さそうだ。敷布以外の大きな布物は初めてだった。


そうしている間に、異界への通路の開いた棟は、異界棟として改築された。

異界から来た者は城の敷地へと出ることはできないが、上階で休憩したり、城の者や業者などと会議ができるようになったらしい。

元々、接客のための豪華な造りの棟ではあるので評判は上々のようだ。

異界通路がベルドベル国にも近い場所に繋がっているかと思うと、マティマナはとても異界棟に入る気にはなれなかった。もっとも入ろうとすれば、皆に止められるに違いない。

「ガナイテールから、頻繁にグウィク公爵からの使いが訪ねてきてるよ」

触媒細工を続けるマティマナに、ルードランが教えてくれる。

「交易希望ですか？」

「マティマナからの魔法の付与。何か良い方法がないか、という注文だね」

魔法の布を手に入れた者たちは、その布で武器の手入れをすることで聖なる力の付与が得られたらしい。根付け紐なども試しているようだ。

布での手入れで、聖なる力がどのくらいの期間効くのか謎だ。手入れは何度もする必要があるだろう。

「あの布じゃあ、携帯には不便よね」

雑巾だし、と、マティマナは状況を想像し思案げに呟きながら言葉を飲み込む。

「ルードラン様！　マティマナ様！　鑑定のできる者、見つかりました！」

法師ウレンがマティマナのいる作業部屋へと駆け込んできて告げた。

「早いね。とてもありがたいよ」

ルードランが嬉しそうに応える。

「助かります！　でも、だいぶ大変でしょうね、これ……」

なんだかんだで大きな卓の上に所狭しと品が並んでしまっていた。

「大丈夫だと思います。聖女見習いのライリラウンが鑑定を習得しているそうです」

ウレンの言葉に、マティマナはパッと表情を輝かせている。

「あ！　嬉しい！　ライリが来てくださるのですね！」

「数日かからず来るはずです」


ばたばたしているうちに、グウィク公爵自身が異界棟へと訪ねてきた。

マティマナは着替えさせられ、気が進まない表情のルードランと法師に連れられ異界棟の上階へと転移で入った。

「聖女マティマナ様、ガナイテールの第二王子の名代として参じました」

丁寧すぎる礼と共に、グウィク公爵は告げた。

「第二王子？」

ルードランが不思議そうに訊いた。契約の際、王の側近として姿は見ている。美しい容姿の王子だったが、声も聞いていない。

「はい。第二王子のフェレルド・ガナ様が、ぜひともマティマナ様の聖なる品を大量に入荷したいとのことでして。いずれ、フェレルド様が直々に来訪いたします」

えええっ、あの第二王子が、ここに来るの？

「取り引き用の品は、ガナイテールの王家の所蔵品でして。名代が扱うこともできません故」

冷や汗の気配で公爵は説明する。

「どのくらいの量が必要なのでしょう？」

第二王子が直々に来る、というのも驚きだが、大量に入荷、との言葉がもっと気にかかった。

「品にもよりますが、二万から三万といったところのようです」

公爵は申し訳なさそうな表情だ。

「魔法の布のようなものを、二万から三万点……ということですか？」

マティマナはあまりの数に驚いて緑の眼を見開いた。

「最近出回りの、小さな品で構いません」

公爵は、小さな目印用の紙、キーラ風に言えばシールを貼り付けた小物を示しながら告げた。

「その数だと、一度に納品はできないと思うよ？　それと、それに見合う交換の品があるのかな？」

ルードランは首を傾げながら訊いている。

「はぁ。納品は分割で構いませんです。それと、品は、たぶん問題ないかと……。なにしろ、あの冷徹王子が断言しておりますので」

だいぶ冷や汗の気配が濃くなっている公爵が告げる。

「……冷徹王子？」

マティマナは瞬きしつつ、つい訊いてしまった。

「ここだけの話ですが、第二王子は恐ろしい御方です。とても美しい姿なのですが、何の迷いもなく温情なき処罰をくだします。あ、もちろん、異国の方には、誠意ある態度でございます故……」

何やら国内で恐れられている存在らしい。その第二王子が、マティマナの魔法の品を大量に仕入れるつもりのようだ。ガナイテール王家の品を持ち出してまで。

「わかりました。数は揃えるようにします」

マティマナには特に断る理由もない。しばらく内職仕事が続くが、暇よりずっといい。

「大丈夫かい？」

ルードランが心配そうに顔を覗き込んでくるので、はい、と笑みを向けた。

「最近、ガナイテール外の国で、大規模な墓荒らしが続いているらしいのです。ガナイテール内でも、若干の被害がありまして……」

「ベルドベル国に動きがあるということかな？」

ルードランは真顔で訊いている。

「フェレルド様は、そう思っているようです。それへの備えかと」

公爵の言葉に、ルードランは頷いた。

「フェレルド殿は、人間界での交易交渉もご希望かな？」

ルードランは確認するような口調だ。

「急ぎはしませんが、希望はしております」

公爵は異界へと帰り、マティマナはルードランと共に法師の転移で主城に戻った。

「鳳永境の方々、エルフ系が混じっているのに死体が残るのね」

同席したまま黙していたキーラは、食堂に入ってくるなり珍しいことらしく不思議そうに呟く。

「え？　エルフは死体が残らないのですか？」

マティマナは少し驚いて訊いた。

「エルフは本来は死ぬと、宝石のようなものだけ残して消滅するのだけどね」

キーラは豊富な情報を鳳永境へ行った際に仕入れている。

「鳳永境でもガナイテール国はエルフ混じりが強いと聞いたよ。けれど、ガナイテール以外の国では人間的な要素の強い者が多いのかもしれないね」

ルードランはキーラへと声をかける。キーラは頷きながら舞っていた。

「墓荒らし……気がかりです」

シェルモギは骨や骸を必要としている。手下として働かせるためには蟲や動物よりは、人型がいいようだ。シェルモギの虜囚となったとき、マティマナにはそんな知識が流れ込んできていた。

「そうだね。墓荒らしは言ってみればベルドベルの軍備増強だろうから」

ルードランの言葉に、マティマナの意識が何かを決意したように引き締まる。

「わたし、大量に魔法の品、造りますね！」

少しでも多く造れば、鳳永境もライセル城も護りが堅くなるはずだ。

マティマナは、怖さを振り払うようにして気合いを入れた。

聖女見習いライリラウンは翌日に、聖王法師の転移でライセル城に送り込まれてきた。

「早速来てくださってありがとうございます！」

法師ウレンが主城の入り口まで転移してくれたので、ルードランと三人でライリラウンを迎えマティマナは弾む声で歓迎する。

「こちらこそ。良い機会に感謝します。一度、異界へも通行証の件で訪ねたかったから本当に嬉しいの」

ライリラウンは丁寧に礼をしながらマティマナへと嬉しそうな視線を向けて告げた。

「鑑定していただきたい品、どんどん増えそうなの」

マティマナは申し訳なさそうな表情になりつつも、多大なる期待のこもった視線を向けてしまう。

「はい！　気合い入れてやりますからご安心を」

法師は、全員まとめてマティマナが作業している部屋へと転移させた。

「まあすごい！　変わった品がたくさんね！」

ライリラウンは、マティマナの作業用の大卓を見て驚きの声をあげた。

「特殊な鉱石を使っているせいか、見た目はともかく、ユグナルガの国では見かけたことのない品ばかりです」

法師が応えた。聖なる力が宿っていることはわかるのだが、さすがに鑑定の能力がないと効能や使い道まではわからないということだ。

もっとも造ったマティマナ自身も、全くわかっていない。何が出来上がるかも、見当がつかなかった。

「慣れてくれば、意図した品が造れるようになるかもしれないのですけど」

マティマナは申し訳なさそうに呟いた。

「どれも、強烈な聖なる力がついていますね。収納箱にまで！」

ちょっと驚き顔になりつつ、ライリラウンは「鑑定します」と呟く。大卓の上で錫杖（しゃくじょう）型の聖女の杖（つえ）を軽く振りシャランと音を響かせた。

清浄なる光が杖からあふれ、品々を包み込み、しばらくすると光は紙のようなものに変わる。箱ごとに紙が一枚ずつ。一点ものには一枚の紙。

「鑑定完了です」

ライリラウンは丁寧に礼をしながら告げた。

「もう完了なのかい？」

驚きながら、ルードランが各箱に入った紙を順に手にしていく。マティマナも、紙と自作の品とを見比べた。

『聖霊球：投げると弾け、聖なる空間が不浄を駆除』

『聖霊石：武器に吸収され聖なる攻撃を付与する』

『聖霊箱：盗みを防止する宝石箱。宝飾品としての価値』

『聖霊箒(ぼうき)：掃くことで地を這(は)う不浄へと聖なる攻撃』

『聖霊刺繍：不浄めがけて飛び包み込んで消滅させる。手入れに使うことで聖なる力を付与する』

『聖霊籠：一晩入れると小さな品を武器化する。芸術的価値』

『聖灰球：投げると弾けて灰が積もる。燃やして浄化した状態。足元に落とすと弾けて煙幕のように不浄を弾く防御に』

『聖灰石：防具に吸収され聖なる防御力が付与される』

『聖灰箱：呪いの浄化。一品ずつ入れる』

『聖灰套(とう)：聖なる外套。不浄を寄せ付けない』

「霊鉱石を触媒に使用してマティマナさまが造ったものは、聖なる力による攻撃ができるようです。灰鉱石を触媒に使用したものは、聖なる力による防御ですね」

「たくさんありすぎて混乱させそうですね」

「見本を届けて、それぞれ個数を決めてもらおうか」

「納品する品は注文に合わせますけど。こんなに素早く鑑定していただけるなら、もっと種類を増やしても平気なのかも？」

かなり苦労して種類を増やさないようにしていたから、マティマナは期待の眼差しで訊く。

ライリラウンは、いくら増えても大丈夫です、と、にっこり笑んでくれた。

実のところ種類を増やさないで触媒細工をするのはかなりキツい作業だ。同じものを造るのにも慣れてきたから、大量生産は問題ないと思う。だが、なんとなく造ってみたくなったものを種類が多すぎてはいけないからと押し留めるのは辛かった。

これからは、思いつくままに思い切り色々造れるのね！

マティマナは喜びに満ちた気分で気合いを入れ直していた。


聖女見習いのライリラウンは、異界から通行証発行の許可を得たいと思っているようだ。

ルードランが、契約した王への紹介状を書き、法師がライリラウンを連れていくことになったが、同行する女性が必要らしい。

「マティマナはダメだよ」

ルードランが先に釘を刺すし、法師もそれはわかっていた。

「あの……わたし、異界に行ってみたいと思っていたの。衣装をぜひ」

遠慮がちに声をかけてきたのは、マティマナの監視、という名目で部屋にいたディアートだった。

「ああ、ディアートなら僕の代理にもなれるし、いいね」

ルードランの従姉妹であるディアートは当主代理であるルードランの代理が可能だ。同行は、即決まった。

今のところ、マティマナ以外の者は、鳳永境に入っても問題ないと思われる。

衣装代に、と、マティマナは魔法の布を百枚ほど渡しておいた。

三人は、異界から早々に帰ってきたようだ。転移で部屋へと戻ってきた。

「まあ！　ディアートさま！　なんて美しいの」

ドレス姿のディアートは、纏う気配も優雅で輝いて見える。

「ふふっ。せっかくだから試着したまま購入して、着てきたのよ」

マティマナが買ったのと同等くらいのドレス一式のようだ。それでも、色合いの違いや飾りの盛りかたがディアートにとても似合っている。

「どれもお似合いでしたよ」

法師ウレンは笑みを含めて囁く。

「本当に。とても素敵です」

法師とライリラウンの言葉に、ディアートの表情は淡く染まり、とても嬉しそうだ。

「異界に行ってこられてよかった」

ディアートはしみじみと呟いていた。

「ライリさんの通行証発行許可も、破格の扱いでした。本来、最初の契約者以外は、異界での貢献が条件になるものなのですが。第二王子のお口添えで、無条件で得られました」

侯爵が冷や汗なほど「冷徹王子」という噂なのに、随分と好意的な対応だと思う。

「それはよかった」

ルードランはホッとした様子だ。

「実質的に国を動かしているのは、第二王子らしいですね」

法師は、仕入れてきた情報を伝えてくれている。

「第一王子さんは？」

マティマナは不思議そうに訊く。謁見の際も、いなかった。

「第一王子は戦いの才能がありますが、政治はからきし……との噂です。王位は当分、現状のままだそうですね。王は傀儡で、実質的に権力を握っているのはフェレルド様という話です」

そんなに公然と噂が流れているのも、ちょっと怖い気がする。

「マティにお土産よ」

ディアートはどこからか、大量の花で作られた豪華花束を手渡してくる。

「異界のお花？」

購入できずに戻ってきたマティマナはパッと緑の瞳を輝かせた。

「ええ。特殊な効果のある花も多いようでしたけど、ライリが見分けてくれたから、安全な花ばかりよ」

「お花たち、鉱石で魔法の道具に変えることができるらしいです」

ディアートに続き、ライリラウンも言葉を足してくれた。

「異界の方々、魔気細工が盛んなの？」

マティマナは首を傾げて訊く。

「いいえ？　ほとんどできないみたい。ただ、マティの魔法の布を持っていくから、こちら側に魔気細工ができる者がいることは、お見通しのようね」

「でも、こんなに綺麗なのに。道具に変えてしまうのもったいないかしら」

受け取った異界の花に見蕩れていたマティマナは、少し切なそうに呟く。

「少し愉しんで、枯れてしまう前に魔法をかけたらいいのじゃないかしら？」

ずっとマティマナの監視役で品を造るところを見ているからか、ディアートは好奇心に満ちた表情で勧めてくれる。

「何ができるか謎ですけど。そうですね。枯れちゃうのは悲しいから魔法かけます」

花束を抱きしめ、風変わりで心地好い香りを愉しみながらマティマナは応えた。

「異界で魔気細工をする者でも、聖なる力を宿す方法はないようです。更に鉱石の力も加わるとなると、異界の方々も愉しみなのではないでしょうか？」

法師も何気に愉しそうというか期待している気配で、マティマナへと魔気細工や触媒細工を勧めてくれていた。


ガナイテール国からの注文が確定したようだ。

使用方法や効能を添えた見本の品から、大量生産品は、『聖霊石』と『聖灰石』が、それぞれ二万ずつ。

『聖霊球』『聖灰球』も一万ずつ、『聖霊箒』は、すでに出来上がっている分だけ欲しいようだ。

公爵を通じ王宮へと納品してほしいのは、箒を除けば、四種、計六万点。個数が増えている。

『聖霊刺繍』は、魔法の布の上位版だと言われて評判が良いらしい。なので交易の際に使用するのがいいのでは？　という話だった。

ただ、残りの単品などはすべて、第二王子が来訪した折に直接見たいとのこと。その場で、選んで購入したい希望があるようだ。

「じゃあ、納品分を地道に造りつつ、あとは、好きなものを造る感じでよさそうね」

マティマナは少しほっとした思いだ。好きなものを造ることが可能そうなのが嬉しい。

「数が増えてしまって、単純作業だけど大丈夫かな？」

張り切るマティマナに、ルードランは心配そうな表情を向ける。

「愉しいですから、全く問題ないですよ！」

マティマナはもらった花束から一輪ずつ、鉱石を使った魔法での加工を試してみた。

花は、次々に宝飾品に変わっていく。

指輪、髪飾り、裏にピンのついた飾り、首飾り、腕輪、帯留め、根付。小さくなったりするが、細部まで美しい生花の痕跡が残る繊細で綺麗な装飾品たちだ。

花弁だけが強調されたり、葉を含む全体が装飾されたり、規則性は感じられない。ただ、どれも途轍(とてつ)もなく綺麗だ。

「鉱石で魔法の品を造るのは、鳳永境(ほうえいきょう)では一般的なのよね？」

おつり代わりにもらった鉱石だが、魔法を使った細工に便利と言っていた。

「そうでもなさそうね。でも、たとえ一般的だったとしても、聖なる力を宿す品はないわよ？」

キーラは愉しそうにマティマナの触媒鉱石を使っての魔気細工品を眺めていたが、ディアートたちと同様にそんな風に応えた。

花も鉱石を使って魔法をかけると、マティマナの聖なる力らしきものが強く伝わるようだ。

「これ、星煌花(せいこうか)のブローチね！」

キーラは近くへと浮かび、うっとりと呟く。

「星煌花のブローチ。身につけると甘い香りが薄(うっす)ら拡がり空間を聖なる力で満たす、という品のようですね」

ライリラウンが即座に鑑定してくれた。

小花は茎の曲がり具合も美しい装飾で、冠(かんむり)めいた雰囲気になったものもある。襟先の飾りのようなもの、付け襟風、付け袖、袖飾り。

「レース飾りみたい！　これはペンダントになりそう」

出来上がる度に、キーラが嬉しそうに羽ばたく。先に造った、根付のようなものを見てペンダントと言っている。

「香潤花(こうじゅんか)の付け襟と、袖飾り。レース編み風の品ね。聖なる加護を受けられる品です」

ライリラウンはすぐにキーラの言葉を応用しながら、鑑定していた。

「キーラは、面白い言葉を使うのね？　えーと、ブローチにレース、ペンダント？」

首を傾げながらもマティマナはキーラの言葉を口にしてみる。といっても、耳慣れないだけで不思議とちゃんと意味はわかった。

「ふふふん。カルパム領主の受け売りよ！　彼が王家で『時の彼方(かなた)』って呼ばれているのは、知ってるかしら？」

「ああ、聞いたことあるよ」

ルードランは知っているし、法師も知っているようだ。ライリラウンは初耳らしく、キーラの言葉に耳を澄ませている。

「カルパム領主、時の彼方は、過去から来たのよ！　玄女(げんにょ)さまのお招きで！」

キーラは、誇らしげに告げる。玄女とは、九天(きゅうてん)玄女。天人、神などと呼ばれる天上界に住む存在だ。通常、天上との遣(や)り取りは、王都・王宮の神殿巫女(みこ)が神殿にて執り行う。だが九天玄女と飛天(ひてん)だけは、時折人間界に直接関与することがあるという。

「だから、一万二千年前の言葉を喋(しゃべ)ってることがあるの。現在では、魔法を発動させるための『秘文字』と呼ばれてるけど、彼の時代には一般的な言語だったみたい」

ブローチもレースもペンダントも、秘文字の一種よ、と、キーラは言葉を足す。

「ユグナルガの国のできる前？　遠い過去に、栄えていた文明があったのですか？」

「秘文字が一般言語とは、恐ろしい世界だね」

ルードランがボソリと呟く。秘文字は魔法的な力を発動させる原点であり、口にしたら意味合いに応じて魔法が発動すると、ディアートに習った。

「それはもう、今とは比べものにならない高度な文明だったみたいよ！　時の彼方は魔気細工が得意なの。だから、カルパムには、魔気細工によって過去の文明を再現した品がたくさんあるのよ。いつか訪ねてみてほしいわね。彼は魔気細工仲間のマティを歓迎するはずよ？」

「あ、カルパム領主さま、魔気細工をなさるのね！」

マティマナは、魔気で品を造る者を他に知らないので、興味深く感じた。

「ただ、その過去の世界、魔法はなかったらしいわね」

キーラは、独り言のように呟いている。

魔法のなかった世界での言葉が、ユグナルガの国では魔法の元となる言葉となっている？

不思議……。でも、なんだか、懐かしいような気もするのよね……。

マティマナは遠い過去の物語が、とても身近であったような錯覚を覚えていた。


異界からの土産に、ガナイテール国の方々は花束を持参することが増えている。

花はすべてマティマナへと届けられた。お陰でマティマナの広大な作業部屋には、たくさんの異界の花が飾られている。

枯れてしまう前に、どんどん花は魔法の品に変えているので、造られた品はすごい量だ。

収納箱に入れられ、積み重なっていった。

第9章 ガナイテールの冷徹王子

冷徹王子と呼ばれるガナイテール第二王子フェレルド・ガナは、婚約者とふたりでライセル城を訪れた。供もつけずに、ふたりだけで来たようだ。

マティマナはルードランと共に、豪華な衣装を着せられ広間に整えられた謁見（えっけん）の場で待機する。

まもなく、ふたりは法師の転移で謁見の場へと姿を現した。ふたりとも華やかな衣装だ。

「オレは、ガナイテール第二王子フェレルド・ガナ。こっちはオレの婚約者で、クラリッサ・ハイルダ。ハイルダ侯爵令嬢だよ」

フェレルドは唇の端に微（かす）かな笑みを浮かべて優雅な響きで名乗った。口調は柔らかく、声も穏やかだ。立ち居振る舞いも綺麗（きれい）。冷徹王子などと噂（うわさ）されているとは、とても思えない。婚約者に向けられる優しい視線は、愛に満ちた気配だ。企（たくら）みがあるらしい王子だが、婚約者には心底惚（ほ）れている様子だった。

フェレルドのふわふわの淡い金髪は、程良い長さ。遠目には碧眼（へきがん）と見えていた眼は、鮮やかな水色だ。

婚約者だというクラリッサは、長く燃えるような赤の巻き毛。マティマナと似た緑の瞳。

ルードランも名乗り、婚約者としてマティマナを紹介した。

「広い場所を提供していただけて感謝する。これが、聖なる品々と交換するための王家の秘蔵品だ」

フェレルドは言葉と共に、紹介するように優雅な仕草で手を動かす。

謁見の場の広い空間に、超豪華な男女一対の衣装が現れた。市場のショーウインドウで見かけた豪華衣装など霞（かす）んでしまうような、とんでもない品だ。

人型の人形に着せられた衣装は、宝石による飾りがふんだんなだけでなく、宝飾品として男性用には冠、女性用にはティアラ。宝石と繊細な金細工による首飾りや、襟飾り、耳飾り、腕輪、帯飾りなど付属品が多数使われている。

宝石が鏤められた大きく拡がる外套の裾は、床のかなりの面積に円形に美しく拡がっていた。

冠ひとつだけでも、注文品は購入できてしまうのでは？

マティマナは、冷や汗な気分だ。

「そんな由緒あるものを持ち出してよろしいのですか？」

訊かずにいられない。

「なに。由緒がある故に、売りに出すこともかなわない品だよ。なんの問題もない。オレの所有物でもあるから、全く心配いらない」

交換条件は成立したようだ。

大量生産分は、順次、グウィク公爵経由で届ける。

マティマナが最近造っている単品の魔法の品は、交易の契約の後、選ばせてほしいという要望だ。必要であれば、宝石を追加するとのことだった。

ライセル城の家令が用意した契約書で、ルードランとフェレルドは、異界でのときのように契約を交わした。

ライセル家のものはマティマナが預かり、王子のほうは彼の婚約者が預かる。しっかり預かりは完了した。

マティマナの造った数々の聖なる一点もののなかから選ばれた品は、かなりな量だ。フェレルドは魔法の空間を所有していたので運ぶのに問題はないようだった。元々、超豪華衣装を王家から持ち出してきているし。

「魔法が使えるのですね」

他意なく呟(つぶや)くと、フェレルドは柔らかい笑みだ。

「ルードラン殿もご使用だ」

にっこりと、異界では見せなかったような無邪気さを孕(はら)む美しい微笑だった。


捨(す)て台詞(ぜりふ)で脅してはいたが、ベルドベル王シェルモギは、即座に人間界に攻め入ってはこなかった。

偵察的な死霊が螺旋(らせん)階段を渡ってくることもない。シェルモギからの意思表示がないのは、かえって不気味だった。

「かなり造れたと思うのだけど、どうでしょう?」

マティマナは、夢中で大量に納品する品を造っている。聖霊石と聖灰石を触媒にすると一気に大量に造れるし、聖霊球と聖灰球も慣れれば簡単だった。なので個数を揃(そろ)えるのは、マティマナ的にはわりと楽。どちらかというと、納品のために個数を管理する使用人のほうが大変だろう。

本来、個数管理など、マティマナにとっては得意な分野のはずなのだが、自分の品を扱うとなると、別の魔法効果が働いてしまう。自分の造った品に関しては整頓などが全くできず、もどかしい。

「聖霊球と聖灰球は、もうすぐ指定数です。聖霊石と聖灰石は数え終わっておりません」

「ありがとう。個数が多すぎる分には問題ないわよね？」

数量を管理する使用人の言葉にマティマナは応えると、更に追加を収納箱のなかへと造り入れる。

数合わせは使用人に任せるようにルードランに指示されたので、安心して造り続けられた。最初から個数を合わせて収納箱に入れられれば簡単なのだが、それはうまくいかない。数を合わせようと画策するときにも、別のものができてしまう。

納品箱は別途多数用意した。必要数を入れて箱を数える形で使用人たちに納品準備をしてもらっている。


「ちょっと失礼！」

監視の役割もあるキーラは、そんな風に声をかけつつ舞い降りてきては、頻繁にマティマナの腕あたりに抱きつくような仕草をしたりする。そして、タップリ聖なる魔気を味わっては飛んでいった。

聖なる魔気の補給というか、美味らしきを味わっているのかな？

時々戻ってきては、うっとりしているキーラにも癒やされる感じがする。

「箒（ほうき）が意外に便利らしいよ。地面の死霊蟲（しりょうちゅう）に効果覿面（てきめん）なようだ」

グウィク公爵からの連絡を、ルードランが教えてくれた。

「箒は、公爵さまの城に届けられたのですね。……って、公爵さまの城、攻められているのですか？」

国境はどうなっているのだろう？

マティマナは気がかりが増し、少し寒気を感じる。

「公爵城には定期的に一定量が攻めてくるらしいね。死霊蟲が多いようだけれど、一部、人型というか、骨戦士のようなものが交じるらしい。王家に納品したマティマナの品が少量だけど、公爵城に譲られている。お陰で勝利を続けているとのことだよ」

シェルモギは、即座には人間界に攻めてこないが、公爵の城は何度も攻めている。とはいえマティマナの聖なる力を付与した武器や防具で、楽勝しているらしいことにはホッとした。ただ人型らしきが交じるというのが気にかかる。恐らく鳳永境（ほうえいきょう）のさまざまな国の墓を荒らして手に入れた骸（むくろ）なりを使うようになったのだろう。

第二王子からの依頼品は、そろそろ納品完了するはずだ。

「なぜ、すぐに攻めてこないのかしら？」

来てほしくはないが、あれだけ息巻いていたのに不思議だ。

「死霊たちを強化しているのではないかな？　聖なる力に対抗できないまま攻めても無駄だろうからね。何か対策を見つけるまでは来ないだろうが……。何か手段が見つかれば、即座に来ると思うよ」

ルードランは、真剣な顔と声音で応える。全く楽観していない。シェルモギがマティマナの聖なる魔法への対策をしていると確信しているようだ。

「異界通路から攻めてくるとして、狭いから一気には来られないですよね？」

「そうだね。それに、通路から攻めようとすれば、横からというか、背後から公爵の兵に討たれる」

「それで、公爵さまの城を先に攻めているのですか？」

「う〜ん、それにしては攻めている死霊類が少なすぎる気がするよ」

ルードランは報告と照らし合わせて考えているようで思案げだ。

公爵と定期的に連絡しあっているかぎりでは、国境は破られていないし公爵城も無事だ。

どこから入ってくるのかわからないのが不安なようだが、攻めてくるのは毎回少数らしい。

やはり、聖なる力への対策を考えている、ということなのだろう。

「聖なる付与が、シェルモギの対策で効かなくなったら、どうすればいいのでしょう？」

用意した大量の聖なる品々も、無駄になってしまうかも？

「一応、聖なる力の付与がなくても、死霊系を倒せているからね。付与があれば楽に倒せるというだけで。聖なる力が効きにくくなっても倒せなくなるわけではないと思うよ」

宥めるようにルードランは言ってくれた。

ただ楽観はできないし、こちらも対策は必要だろうね、と、ルードランは言葉を足す。

「おふた方の耳縁飾りですが、ライセル家ゆかりの魔法は魔石に似た進化をしています」

法師が呟く。シェルモギが聖なるものへの対策をしてきても、魔法の進化で何か対策できるかもしれないと法師は考えているようだ。

「聖女さまなんだから、本来【仙】様に準ずる力が発動可能なはずよ？」

キーラも、希望を繋ぐような言葉を告げてくれる。

ただ方向性が微妙で突飛なのよねぇ、と、キーラはボソボソ呟いていた。しかし、とても楽しそうな気配だ。

わたし、もっと色々できるようになるのかな？

「色々と造れてしまう品が、少しでもお役に立てるといいのですけど」

マティマナは応えるように呟く。相変わらず謎な品が意図せず造れてしまう。

「第二王子が何を考えているかわからないが、注文されたマティマナの品は、ほとんどが王家に運ばれている。最前線だというのに、公爵のための品ではなかったようだね」

ルードランは第二王子フェレルドの意図を探るような気配だ。

「公爵は、公爵家として聖なる品を購入できていますか？」

「使者は頻繁に来ているが、王子に先を越されたような状況だね。魔法の布は、市場から買い取ったりした様子だけれど」

「勝手に送りつけるわけにもいかないですよね？」

公爵家が攻められて敗戦すれば、異界通路はシェルモギに占拠されてしまう。

「万が一のために、ライセル城の者には、聖なる力の付与を行き渡らせるのがいいだろうね」

「花から出来上がった装飾品類を配りますか?」

「いや、騎士たちには聖霊石と聖灰石を配って、侍女たちには刺繍(ししゅう)の布、使用人には聖霊球を持たせよう」

マティマナの言葉を聞き、ルードランは即決している。確かに花からの装飾品は立派すぎるし、同じものがほとんどないから取り合いになりそうだ。

一律の品がいいに違いない。

「外套を増やしましょうか?」

「それはいいかもしれないね。防御はいいと思う。ただ、外套は大きいし造るのに魔気が多く必要だろうから無理はしないで」

「わかりました!」

ルードランに釘(くぎ)を刺されながらも、マティマナはセッセと外套を増やした。刺繍の布と聖霊球、聖霊石と聖灰石が皆に行き渡るように、造り足しながら、息抜きに花へと触媒鉱石を通した魔法をかける。異界の花ばかりでなく、ライセル城に咲いている花も活けられているので、それにも魔法をかけてみていた。

ライリラウンが、一点ものもすべて鑑定して紙をつけてくれている。

今のところ、一点ものは、別室での保管だ。


数日後。

『何か企んでいるようです。攻めてくる死霊が日に日に強くなっています』

公爵からの連絡が、緊迫したものに変わった。

シェルモギの聖なる品への対策が形になってきたのか、公爵の所持する品から聖なる力の効力が薄れたのか、そのあたりはわからない。

すぐに、次の報告が飛んでくる。緊急連絡だ。

『公爵城が一瞬で包囲されました！　異界通路を護れません！　そちらを護るためにライセル城側の通路を塞いでください。それでも互いの連絡は可能です』

異界通路を塞いでも、すでにガナイテール国との間では転移を応用した書簡の遣り取りの方法が確立されている。公爵家との連絡は可能だ。

ただ一瞬で包囲されてしまったせいで、国境がどうなっているか状況把握はできないようだった。連絡がとれても、状況把握には繋がらない。

「通路、どうやって塞げばいいの？」

マティマナは悲鳴めいて訊く。

「聖女マティ、わたしに聖なる魔法を振りかけて。タップリお願い！」

にっこり笑みを浮かべてキーラが囀る。

「何する気なの？」

「偵察よ！　鳳永境に行ってくる！」

「そんな、危ないです！」

マティマナは慌てて止めようと声をあげる。

「ふふふん、小さいから平気よ！　あっちは飛ぶものは少ないし」

「でも、キーラ。公爵城が包囲されてる状況なのよ？　いくらなんでも無茶なんじゃ……」

悲鳴めいてキーラに告げると、キーラはニマッと笑う。

「美食の恩は忘れないって言ったでしょ？　ふふふっ。でも、まぁ、そんなのなくても、わたしが見に行きたくて仕方ないだけなの！　戻ってくるまでに、通路を塞ぐ準備をしておいて！」

キーラは好奇心に満ちた瞳で、意志は固そうだ。それに、確かに状況を確認しておく必要はある。

「……くれぐれも無茶しないでね」

ならば、せめて。と、マティマナは聖女の杖を使い、小さなキーラへと集中的に聖なる魔法を振りかける。きらきらと光に包まれたキーラは陶然とした表情を一瞬浮かべ、それから小鳥の姿になると宙を爆走した。

キーラなら、必ず速攻で偵察して帰ってきてくれる。

マティマナは祈るように自らに言いきかせた。

「……通路、塞ぐ方法を考えなくては」

キーラはすぐに戻ってくる。それまでに、通路を塞ぐ手立てをなんとかせねば。

「マティマナ様の魔法の布を大きくして通路にかけ、糊付けか、紐で縛るか、といったところでしょうか」

思案してくれていた法師の提案に、マティマナは希望を見出せたように頷いた。

通路を塞ぐ、といっても、確かに、そのくらいしかできなさそうだ。

ふたつの鉱石を籠に入れ、異界棟に行く準備をした。


異界通路を塞ぐために、マティマナはルードランと法師に付き添われ螺旋階段を眺めていた。

小さなキーラはすぐに戻り、ものすごい速度で通路から飛び上がる。

「国境は破られたわけじゃないけど、守る者が皆無よ。だから、死霊たちが次々に乗り越えてきてる」

緊迫した声でキーラは告げた。あっという間に、国境まで偵察に行ってきたようだ。

「死霊たち……蟲ばかりじゃないのよね？」

違う形の死霊もいるらしいことは、公爵からの報告を聞いていて知っていた。

「そうね。人型というか、骸骨系が多い印象よ。死霊蟲は、気味の悪いのが増えてる。さまざまな種類がいる感じ。墓荒らしの成果でしょうね」

墓荒らしが増えているとは聞いていた。シェルモギは成果を得ることができたのだろう。墓から掘り出した骨を死霊使いの術で動かし、強化を繰り返したに違いない。もともと小さな蟲の類いばかりでは、城を包囲することは難しかっただろうし。

「広場は占拠されているのかな？」

ルードランは気がかりそうに訊く。国境が破られはしないものの護れていないなら、異界通路のある広場はベルドベル国の手に落ちたも同然だ。

「それが、今のところ通路は無視して公爵城に取り憑いてる感じなの。公爵家の方々は、城が取り巻かれて、外に出られないみたい」

通路に繋がる広場は、まだ占拠された状態ではないらしい。

「応戦しているのかしら？」

「今のところ、倒せてはいるようね。でも、倒す勢いが落ちてるかも」

城は取り巻かれているらしいが、公爵領は平気なのだろうか？

「公爵を完全に動けなくさせたいのでしょう」

法師は深刻そうに呟く。

「その後に、国境から広場に集結させた死霊を送り込んでくるつもりでしょうか？」

「互いに援軍は送れない、ということだね」

公爵のことは気がかりだが、今はライセル城を護るほうが先決だろう。

「とにかく、通路を塞ぎます」

マティマナはそう告げたものの最良の方法かはわからないので、不安でいっぱいだ。

「ええ。塞いでも公爵家や第二王子との連絡は可能だから」

キーラは頷きながら勧める。

転移を応用した連絡網が出来上がっているのは幸いだ。異界との転移は物であっても一度は通路を往復する必要があるから、往復した書簡を再利用する。

一度も往復していない者や品は、転移で送ることは不可能なのだ。それは、シェルモギの操る死霊たちを転移では送り込めないことを意味していた。

「何人か、残ってしまったね。急いで帰るなら今のうちだけど」

異界棟の上階には、ガナイテール国の者たちが滞在している。

「こっちに残りたいらしいわよ」

キーラは事情を知っているようだ。

「戻っても公爵城に入れないし、今からでは危ないです」

マティマナは呟く。

「通路を封じて、この異界棟自体も封じましょう。異界からの方々は、他の棟に移動してもらいます」

法師は、マティマナを促すように告げた。異界棟自体を封じるなら、通路が破られても時間は稼げるだろう。

マティマナは、灰鉱石を使って造った大きく厚い魔法の布を、通路の穴にのせた。絨毯(じゅうたん)のような感じだ。床に接する部分は、タップリの魔法の糊で接着する。その上から、聖なる魔法を何重にも振りかけた。厚い布は新たな魔法の力で、硬い石板のように変わっていく。

「気休めにもなりませんが」

マティマナは、これで封じることができたとは、とても思えずそう呟いた。

「聖なる力が強力に働いています。簡単には破られません」

法師は勇気づけるように声をかけてくれた。

「棟も封印するから、充分だよ」

ルードランは、安心させるように言ってくれるが、異界棟周辺での戦闘は覚悟しているようだ。

聖なる効果をつけた武器と防具、更に聖なる外套を纏(まと)った騎士たちが多数、異界棟の周囲で見張りに立っている。

異界棟のなかにいた者は、法師が別の棟へと転移させた。

外に出るとマティマナは扉や窓を中心に、異界棟の全体に灰鉱石を使いながら魔法を撒(ま)く。

法師は法師で、封じる術を重ねた。


ベルドベル国の死霊たちが攻め込んでくるのを待機している状態だ。待ちたくはないが。公爵城は包囲されてしまい、流入してくる死霊たちは野放しになっている。遅かれ早かれ、必ず異界通路を通ってくるだろう。

待機中だからこそ、マティマナは魔法の品を造り続けていた。魔気の消費は少ないし、すぐに回復できる量での作業だ。

ライリラウンは鑑定をしながら、転移を習得中らしい。難儀している。

「転移なんて、見当もつかないのよね」

マティマナは、色々試している気配のライリラウンへと呟きを向けた。

シェルモギに捕らえられたとき、転移ができる身だったらどんなによかったか。

「あれ？　でも、マティマナは、ゴミとか皿とか、物は転移させていたね？」

近くの椅子に座って見守ってくれているルードランがマティマナへと訊く。

「あら？　そういえば。え？　あれって転移させているのですか？」

ゴミ捨てをしたり、皿の回収をして厨房に届けたり……片づけをしているだけで、転移させているという認識はなかった。

「一瞬で棚の収納を整えるのも、物を転移させているような気がするよ？」

ルードランは愉しそうに笑みを向けてきた。

片づけだと認識していたが、物の転移をしているらしい。

「今度、ゴミや食器以外でも試してみようかしら？」

会話しながらも、いつ攻め込まれるか冷や冷やビクビクしている。

ただ、独り囚われるのとは今度は違う。頼もしい者たちに囲まれている。

「マティマナはいざとなると思いがけない魔法を使うからね」

ルードランの呟きに、待機中の法師が頷いている。

「緊急時のみに発動可能な聖なる魔法が、随分と隠されているのでしょう」

法師は真顔で呟いた。マティマナの聖なる魔法に関しては計れないというか、法師にとっては未知数らしい。

「思いつきや、魔法のかけ合わせに関して機転が利くみたいだからね、マティマナは」

微笑ましそうにルードランは囁いた。キーラは皆の会話を耳にしながら、何か言いたげな気配で宙を舞っている。

ひらりと、キーラの羽根が舞い降りてきた。マティマナが作業する霊鉱石の魔法を浴び、小さく可愛らしい羽根は、一気に兇悪な武器となった。

緑から橙色に色合いを変えていく羽根そのままの色。聖なる槍？

「ああっ、わたしの羽根が武器になったわぁぁ！　なんて綺麗なの～！」

キーラは感激した様子で、ふるふると身体を揺すり次々に羽根を落とした。

武器に変えてほしいらしい。

マティマナは、どんどん霊鉱石の魔法を浴びせていく。

「いったん、聖女マティの聖なる魔法をタップリ浴びたから、羽根が強化されてるみたいね」

キーラは嬉しそうに声をあげている。

羽根は、色とりどりな色に合わせ、さまざまな形の武器になった。切れ味が鋭そうだが、聖なる力に特化しているようだ。

「吃驚ね！」

マティマナは優秀そうな武器に驚きの声をあげた。槍の類型が多いが、さまざまな形の装飾的な剣も混じっている。

「聖霊魔槍や、聖霊魔剣、といった呼び名のようですね。聖なる力の攻撃力がかなり強い武器になっています。武術に慣れてなくても使えますよ」

ライリラウンが鑑定して教えてくれた。何やら強そうだ。

「この調子だと、なんでも武器になっちゃうのかしら？」

マティマナは驚きながら呟く。花は装飾品の形が多かったが、霊鉱石で造ったものは、聖なる攻撃魔法を発動するものが多い。

「神獣とかの髭（ひげ）や、脱皮した爪や皮なんて、良い武器や防具になりそうよね！」

キーラは弾む声ではしゃいでいる。

「羽根の武器は主城の護りをする者に、配っておこうか」

ルードランは、キーラの許可を得つつ、そう決めてくれていた。

理不尽に婚約破棄されましたが、
雑用魔法で
王族直系の大貴族に
嫁入りします！

第10章 ライセル城への宣戦布告

ライセル城への宣戦布告の声が不気味に響き渡った。異界棟から轟音（ごうおん）となって地響きのようにライセル城を揺らしている。

ベルドベル国の言葉。くぐもっているがシェルモギの声だ。

血相を変えたギノバマリサが、転移でマティマナの作業部屋へと飛び込んできた。バザックスも連れている。

「マリサ、ペンダントが……」

マティマナはギノバマリサが首から下げていた宝石に光のヒビが入っているのを見て震え声で呟（つぶや）いた。宝石は、砕け、光を放ち、舞い散って消える。

「ええ。こういう時のため、転移に使う宝石魔法なの。使い切りよ」

高価な宝石は、いざという時のため一回限りの転移を可能にするようだった。

「凄（すさ）まじい数の死霊がライセル城の敷地にあふれかえっている」

ギノバマリサの言葉に続けるように、バザックスが告げる。

「宣戦布告の声は聞こえたが、もうあふれているのか？」

ルードランが驚いたような声を立てた。

「異界棟から、爆発したみたいに飛び出してきたようなの。騎士たちは戦いはじめています」

ギノバマリサは蒼白（そうはく）だ。きっとバザックスとふたり、死霊に取り巻かれたのだろう。

「棟も封印したのに……」

マティマナは通路の封印が長くもつとは思っていなかったが、異界棟の封印まで瞬時に解けたのは意外だった。

「封印は解けていないです。死霊が大量に集結し、内圧が高まりすぎた勢いでのようです」

法師は解析したのか驚いたように呟く。どれだけの量の死霊が詰め込まれたのか。死霊たちは棟の外へと弾き出されるほど、密集させられたようだ。

「今のところ、他の棟や城への侵入はないようです」

聖女の杖を翳し、城の敷地中を状況確認しながらライリラウンが告げる。聖女見習いであるライリラウンも法師と同じような探査ができるようだ。

「外にいる者は建物へ入り、すべての扉を閉ざせ。城門はすぐに閉めるんだ。死霊を都に出すんじゃない！」

ルードランの声は、ライセル家の魔法で城の敷地中に響き渡った。迅速に城門が閉められると、城壁からライセル家の魔法が立ち昇っていく。

魔法陣めいた光の結界が上空まで張り巡らされていった。

「すごい……」

マティマナは窓の外に拡がる、光の魔法陣の防御に思わず呟く。ライセル家ならではの規模の大きな光魔法の結界だ。

だが今は、外からの攻撃の防御のためではなく、城内の死霊を外に出さないために張られている。あふれ出した大量の死霊の類いは、城の敷地内にいる者だけで倒さねばならないということだ。

「ディアートは、僕の父上母上と合流して、ライセル城の魔法を強めるのを手伝って」

ルードランは、マティマナの作業場に来ていたディアートに指示する。

「わかったわ」

ディアートは走る姿も優雅だ。

「バザックスも、マリサと一緒に……」

ルードランがバザックスへと指示しかけると、ギノバマリサが制するように手のひらを翳す。

「いえ！　バズさまも戦えます！」

ギノバマリサは、ルードランへとキッパリと告げた。ルードランはバザックスとギノバマリサも、当主に合流させ護(まも)りの魔法強化の役割をさせるつもりだったようだ。

「バザックスが、戦う？」

ルードランは、不思議そうにバザックスへと視線を向けた。

「ああ。以前に義姉上(あねうえ)に頂いた『空鏡(くうきょう)の魔石』が進化して、空からの攻撃が可能になっている」

バザックスは、ギノバマリサの勢いに押されるままに応えた。

魔石は喋(しゃべ)って色々教えてくれるし、たくさん使えば進化して新たな魔法が使えるようになる。

「すごいのよ！　死角になっている場所も、部屋にいながらに空から狙えるの。光の魔法だから死霊に効くはずよ」

ギノバマリサは、バザックスが魔石を使うところをずっと見てきたのだろう。自分のことよりも、ずっと誇らしげに語っている。バザックスもこくこく頷(うなず)いて肯定している。

「わかった。じゃあ、魔法の攻撃で加勢してくれ。どこだと魔法が使いやすい？」

ルードランは納得したらしく指示を変えた。確かに戦い手はひとりでも多いほうがいい。

「場所はどこでも構わんぞ」

バザックスは魔石を握りながら告げた。

「じゃあ、ここで」

マティマナの作業場は、そのまま戦闘の司令室となった。

ライセル城の敷地は、ぐんぐん続々と死霊であふれかえっていった。異界棟からは出ても、他の棟や主城へは入られていない。幸い、城壁も越えられないようだ。

空へ舞い上がる死霊も、今のところいない。

マティマナは階段を駆け上がり、二階の張り出しから増えていく死霊へと聖なる雑用魔法を撒いた。死霊蟲だけではなく、骨戦士や武器を持つ骨剣士が闊歩しているのが目立つ。元は人間のような存在だったのだろう。墓荒らしで手に入れた骨は、元戦士や、元剣士だったのか、シェルモギの死霊使いの技でそういう役割に仕立てられているのかはわからない。

死霊蟲も種類が多いようだ。見たこともないような奇妙な昆虫の骸……。

マティマナの雑用魔法は骨めいた死霊たちへと降り注ぐ。だが死霊たちを苦しそうに蠢かせはしたが、消滅はさせられなかった。地面を埋め尽くすさまざまな種類の死霊蟲も、ざわめきを増すばかりで消えてはくれない。

「魔法が効かない？」

うそ〜！　どうしましょう？

わたしの魔法では倒せなくなっているみたい……！

蒼白だ。マティマナの聖なる魔法が対策されているだろうことは予測していたが、実際に、全く効かなくなっている。

死霊たちは、異界棟から次々に城の敷地内にあふれ出てきていた。

「何か、聖なるものへの対策をしてるわよ！」

二階の張り出しへと追いかけてきていたキーラが騒ぐ。

「でも、マティマナの力が完全に効かないわけじゃないと思うんだ」

マティマナの後ろを走ってついてきたルードランが呟いた。

「かけまくってみます！」

マティマナはルードランの言葉に励まされ、諦めずに魔法を撒き続ける。

「地道に倒せ！　城壁の外に出さないように気をつけるんだ！」

ルードランから騎士たちへと指令が飛ぶ。ライセル家の力を使った魔法なので、ルードランの声は城の敷地中に届く。騎士たちは聖なる力を付与した武器で、何回も死霊を突いていた。時々、急所に触れたかのように光を放って消滅する死霊がいる。

倒すことは可能なようだが、とはいえ相当に何度も攻撃しないといけないようだ。

周囲に闇を纏(まと)っているのか、死霊たちが増え密集した場所は暗い空間になっていた。地面近くは夜のように真っ暗だ。

戦う騎士たちが近づくと、纏っている聖なる身支度（みじたく）から光が流れるように闇を弾く。死霊たちに囲まれたライセルの騎士たちは光り輝いているようにも見えた。

死霊からの攻撃は、今のところ聖なる力を付与した防具に弾かれている。

「僕も、少し攻撃してみるよ」

張り出しで腕輪を弓の形の武器に変え、光の矢を複数つがえる。ルードランの矢はすべて的中したが、しかし死霊をすり抜けてしまった。

だが、時々、光を放って消える死霊がいる。

ルードランの光の矢に交じり、上空から光の弾が撃ち込まれていた。

「あ、空からの光の攻撃！　バザックスさまですね？」

いくつかの光の弾が降り注いでいる。弾はすべて死霊に命中したが、やはり消えたのは一部だけだ。

「何か、異界で戦ったときと変わった部分があるはずだ」

ルードランが呟く。マティマナの見る限り、死霊が消えるとき攻撃が当たった場所はバラバラだ。

だが、何かに的中した手ごたえめいた感覚が視（み）てとれた。

「……聖なる攻撃を弾く術が埋められているのだと思うのだけど」

マティマナは思考しながら呟く。

その聖なる攻撃を弾く術的な何かに命中したとき消滅しているような気がする。

消滅する前に、その術の形を見定められないかしら？

マティマナの思考はぐるぐると巡るが答えは出ない。

「消滅させるのではなく、術の塊（かたまり）みたいなものを取り出せればいいのかな？」

ルードランにはマティマナの形にならないような思考がわかるらしく、何か試しはじめてくれていた。

つがえた複数の光の矢が放たれ、攻撃とは違う動きで闊歩する何体かの骨騎士に当たる。

そのうちの一体から、拉（ひしゃ）げた悲鳴が聞こえ、何かが骨の間から転がり出てきた。

その骨騎士は、別の攻撃に当たるとあっけなく消えた。

転がり出てきたのは禍々（まがまが）しき小さな玉のようだ。

マティマナは、その不浄の玉を二階の手元までゴミとして浮かべさせる。ゴミ箱に放り込まれる前に、魔法の布に包んで掴（つか）んだ。

「これ、かな？」

マティマナは確信して呟いた。呪いの品とは、全く別の忌まわしさ。聖なる力を弾く膜を張り、死霊の効果を高めるような、そんな品だ。闇の力を、どんどん増幅させている感じがする。

「何か、見つかったかい？」

「たぶん、全部の死霊の滅茶苦茶な場所に、これが埋め込まれているのだと思います」

魔法の布に包んだ、死霊から転がり出た小さな玉をルードランに見せた。小さい死霊蟲にはもっと小さい玉が入っているのだろう。

どこに埋め込まれているのかわからない。何度も攻撃するうち、偶然当たれば倒せる、という感じだ。

「聖なるものを弾く核のようなものかしら？　元々死んでるから、骸には魂魄擬きが入れられてるのだけど……、それを強化して核にしたのかも」

キーラは何か対策はないものかと、一緒に考えてくれている気配だ。

「なんとか、みんなに視えるようにできないかしら」

マティマナはキーラの言葉に頷きながら呟き、雑用魔法を弄る。

探し物の雑用魔法で、この玉を探せばいいのかな？

マティマナは探し物として玉を設定し、探し物の雑用魔法を広範囲に撒いてみた。反応はない。

それだけでは、効かなそうだ。

裁縫の印付けとか？　縫い代を記す……なんて、使ったことないけど。

色をつけるなら他にはなさそうかな？

マティマナは思案しながら、裁縫系の印付けを探し物の魔法に混ぜて撒いてみる。

「あ、何か見えるようになってきたよ！」

「視えてる！　核よ！」

ルードランとキーラが弾んだ声をたてた。

核は、変な闇色で鈍く紫に発光している。

「それです。たぶん、弱点！」

マティマナは少し高揚した声をあげた。それを狙えば、聖なる力が触れただけで消滅させられる！

ただ、どうすれば、満遍(まんべん)なく死霊たちへ魔法を浴びせられるだろう？

建物のなかには入り込んでいないが、色々と遮蔽物(しゃへいぶつ)はある。

それに異界棟から弾き出されてライセル城へと雪崩(なだ)れ込んでくる死霊は、どんどん種類が増えていた。

「多数の死霊騎士が、猛攻撃を仕掛けてきました！　動きが速いので気をつけて」

ライセル家の魔法が、法師の声を城中に響かせた。

馬の骨格にまたがった死霊騎士が、槍(やり)や剣を使って攻撃を始めているらしい。のろのろの死霊蟲や骨戦士と違い、機敏な動きのようだ。

「ここからだと見えませんね」

この二階の張り出しから、すべての場所を狙うのは無理だ。それに、それなりにかけ続けないと核は視えないし、時間が経(た)つと薄れてしまう。

マティマナは焦り、焦るほどに、大量の魔法を撒いた。裁縫系の印付けと探し物を混ぜた魔法だ。

「マティマナが混ぜた魔法、一定量がかかると、核みたいな玉が視えるようになってくるね」

言いながら、ルードランはその核を目がけて矢を射(い)った。

的中した五体の骨騎士が光を放出しながら消滅する。

「すごいです！　やっぱり、核みたいなのが弱点ですね！　屋上から撒きましょうか？」

魔法で核が視えるようになるなら、もっと広範囲に撒きたい。

「いや、僕の魔法で上昇して、もっと上から撒こう」

ルードランは矢を射るのをやめてマティマナと手を繋ぐ。二階の張り出しから、ふたりの身体は宙へ浮いていった。

「あ、確かに！　上空からなら、あちこちに撒けますね！　移動って可能ですか？」

「動かせるよ。ゆっくり巡回するように上空を移動させよう」

その間も、マティマナは混ぜた魔法を撒き続ける。

「聖なる魔法が当たると核のようなものが視える。それが弱点だ！」

ルードランは、上昇しながらライセル城全体へと声を響かせた。

「マティマナ様の魔法で、核が視えるようになっています！　核を狙えば一撃で消滅させられます！」

法師の声も、全体へと響いた。

あちこちから、騎士たちの歓喜の声が聞こえてくる。視えた核への攻撃が効いたことと、弱点が見つかったことへの喜びだろう。

先ほどまでルードランとマティマナがいた二階の張り出しには、ライリラウンが来ていた。

「攻撃、加わります！」

聖女の杖から、攻撃魔法を繰り出している。細い稲妻のような光が幾筋も、死霊蟲の核を目がけて放たれる。独特の光を放ちながら、地面を埋め尽くす死霊蟲が少しずつ消滅しはじめた。

法師は、宙を闊歩しながら、やはり雷に似た術を使っている。広範囲の雷では効かないらしく、ライリラウンのように細い光で核を貫く必要があるようだ。

「私も核を狙ってみよう」

城中に響き渡るのはバザックスの声だ。マティマナの作業部屋から、魔石の力で核が視えるらしい。

いくつかの光の弾が核を狙って降り注ぐ。弾はすべて死霊の核に命中し、消滅させていた。

かなり上空だ。舞い上がる死霊は今のところいない。城壁から立ち上る魔法陣による防御の光は、もっと高い位置まで続いて城を取り囲んでいる。

「良い感じに移動できてます！　魔法、撒き続けますね！」

マティマナの混合した雑用魔法は、きらきらと煌めきながら地面へと積もるように下りていく。

「魔気使いすぎてない？」

心配して訊くが、ルードランはマティマナの魔気量が視えたのか少し安堵の表情を浮かべている。

「大丈夫です！　この魔法は、ほとんど魔気の消費がないみたいです！」

しかし、倒せど倒せど異界棟から湧いてくる死霊の数のほうが勝っているらしい。

かなり消滅させているのに、埋め尽くす死霊たちの闇は深くなっていた。

移動が軌道に乗ると、ルードランはマティマナから手を離す。矢をつがえ、上空から地上の動きの速い死霊騎士を倒しはじめた。

地面は常に死霊で埋め尽くされ、騎士たちは死霊蟲や骨剣士や骨戦士に取り囲まれている。

屍法師らしきが、雪崩れ込む死霊たちに交じって飛び出してきた。屍状態の法師めいた出で立ちで、法術ではなく屍術のようなものを使っている。

紫がかった闇の力が屍法師から拡大し、死霊たちに力を与えている。

ときどき巨大な穴のように見える闇の術を騎士たちへと放っていた。幸い騎士たちの纏う魔法の外套が、闇の術を弾いて消滅させていた。

「厄介な術を使う者は、先に倒したほうがいいね」

眉根をわずかに寄せながらルードランが呟く。

「はい。魔法を当てているのですけど、術に弾かれてしまって核が視えないです」

マティマナが思案げに呟くと、宙を走りながら闘っている法師がそれを聞きつけたようだ。

「大雷は死霊を倒すには効きませんが、闇は払えるかもしれないです」

少し下降した法師が、屍法師の近くで雷の大技を炸裂させた。

あ、闇が弾け飛んだみたい！

その技で消滅する死霊はいないが、死霊たちを包んでいた闇めいたものは少し消えている。

マティマナは、そこを狙って雑用魔法を大量に投げつけた。

「視えた！　今だ！」

ルードランがつがえた光の矢で屍法師の核を狙い、的中させている。パシュッと、闇めいた光を裂くように光が散乱し屍法師は消えた。

「すごい！　倒せましたね！　今のうちに、どんどん撒きます！」

マティマナは思わず弾む声をあげ、どんどん魔法を増やす。

「また、術を使う者が出てきたら、同じように雷をかけてみます」

法師は、宙を移動しながら追い詰められている騎士たちを助けたり、異界棟の様子を見たりしてくれている。

マティマナはルードランの移動する空間から、真下の状況を確認しながら魔法を撒き続けた。


ずっずっずっと、嫌な音が響いている。

異界棟から何かが出てきたようだ。

巨大な死霊蟲？

どす黒く、ヒビが紫に発光する大きな蛆蟲（うじむし）系だ。小さい死霊蟲や、骨戦士などを下敷きにしながら地面を這（は）っている。下敷きになった死霊たちは消滅はせず、潰（つぶ）れたような状態のまま不器用に動きだした。

「あんな大きなもの、どうやって異界通路を通ってきたの？」

明らかに異界通路の大きさよりも巨大だ。

「無理矢理に押し込んだのだろうね。他の死霊たちも、圧力で飛び出してきている」

気色悪いし、早く消したい。マティマナは集中的に魔法を浴びせた。しかし、巨大すぎて魔法が核まで届いてくれない。

「ああ、視えてこない……。どうしましょう」

それでも、浴びせるしかなさそうだ。死霊たちは下敷きになっても死なないが、ライセル城の騎士たちは下敷きになったらひとたまりもない。

「その混ぜた魔法、球にできる？」

ふぁさふぁさと羽の音をさせながら、キーラが近づいてきて訊く。

「できるけど、どうするの？」

キーラはあちこちの状況をよく見定めてくれていた。しかし、身軽なキーラの行動は何気に予測不能だ。

「口のなかに、放り込んでみるわ。口なのかどうか、よくわからないけど」

「そんな！　危なすぎるわよ」

「平気平気。動きは鈍いし、そんなに近づかないから」

マティマナは説得され頷く。少しでも可能性があるのなら躊躇(ためら)わずやってみるしかない。マティマナは小さなキーラが抱えられるくらいの大きさに、混ぜた雑用魔法を集約させて球にしてみた。

「あんまり長持ちしないから」

「ありがと！　行ってくる！」

小さなキーラは羽を出すと大きな球を抱えて巨大な死霊蛆蟲へと近づき、挑発している。

クワッと身を持ち上げると、死霊蛆蟲の口らしきところが大きく開いた。

キーラは、的確に蟲(むし)の口中へと魔法の球を投げ入れ、すぐに舞い上がる。

マティマナが集約させた魔法は、蟲の体内で炸裂した。

「視えた！」

ルードランは、奥深くで鈍く光る核を目がけて矢を射る。

「さすがね！　倒せたわ！」

気味悪く蠢きながら光に分解されて消滅していく死霊蛆蟲を眺め、キーラは歓喜の声をあげていた。


異界棟から、死霊鴉（しりょうがらす）に死霊鷲（しりょうわし）といった鳥系が多数舞い上がった。死霊鳥たちは、飛びながら闇を吐く。

幸い城壁の魔法陣より高くは上がれないようではある。

「ライセル城の者どもよ、覚悟はできたか？」

死霊使いシェルモギの声！　マティマナは思わず声のほうへと視線を巡らせた。

大量の死霊鳥の舞い立った後の異界棟の屋根に黒い影のようなものが佇（たたず）み、不気味な声を城の敷地中に響かせている。

いよいよベルドベル国王シェルモギ本人がライセル城へと現れた。

巨大な王冠を被（かぶ）り、髑髏（どくろ）の姿に擬態（ぎたい）したような仮面。豪華で威厳ある闇めいた外套は屋根も棟も包み込むように拡がっていた。

偉大さを、全面に押し出そうとしているようだ。

宙を移動しているルードランとマティマナに向けて、シェルモギは死霊の闇を浴びせようとした。ふたりを乗せた空間は、巧みに避ける。ひやっとはするが、急に方向を変えても揺れないので、マティマナは魔法を撒き続けられた。

「ああっ、危ない」

死霊鷲が別方向から闇を吐きかけ、マティマナが悲鳴めいた声をあげるとルードランは急上昇で避けた。

「くくくっ」

シェルモギは不気味な嗤い声をたてると、戦うライセルの騎士たちに闇を振りかけた。防具の隙間から入り込む闇に触れられた騎士たちから生気が奪われていくのがわかった。体力が激減しているのに違いない。シェルモギは騎士たちの生気を、闇の力に変換して死霊たちに与えているように見えた。

「うっ、くうぅ！」

足をついて倒れそうになる騎士もいるが、死霊蟲がいるので耐えているようだ。

「死霊蟲のなかには毒を持つものがいるから、気をつけて」

毒に気づいたらしきライリラウンが声を飛ばす。種類が増えてきた死霊蟲の鑑定も随時しているようだ。巨大ではないが、湧いてきた死霊蛆蟲は毒性らしい。

「倒れたら死を注がれ、生きながら死霊にされてしまいます！」

切迫したようなライリラウンの声が続く。毒で倒れたら即、死霊にされる。

そんな状態になれば、そのうち死んでしまう。

マティマナが撒いた魔法を、シェルモギの闇が上書きしていた。核は再び見えなくなり、闇を吸（すす）った死霊たちは、勢いよく動きだす。

「ダメよ、ダメ、そんなの！」

マティマナは、撒く量を増やすが、イタチごっこだ。その間にも、死霊たちは増えていた。

ライセルの騎士たちも、他の攻撃担当も、核が視えなくなり倒す速度が落ちている。体力も魔気も、こんなことが続けば尽きてしまう。

法師は宙を駆けながら、騎士たちへと小まめに体力回復の術を施してくれていた。危うい状態の騎士は回収している。

マティマナは、量を増やして混ぜた雑用魔法を撒く。シェルモギの闇が上書きされなければ、核は視える。

地面には毒を持つ死霊蟲がのろのろと蠢いていた。骨騎士は武器を持ち速度を増して闊歩する。宙には闇を吐く死霊鳥の類い。

「核が視えたら、すかさず倒せ！」

ルードランの鼓舞する声が響き渡る。

闇を縫うように、移動する空間からマティマナは魔法を広範囲に大量に撒き続けた。

法師が、死霊鳥たちを避けながら、雷技で広範囲の闇を消去する。マティマナは、雷に続けるように魔法を撒いた。

闇を剥がれた死霊に、マティマナの魔法が当たるとすぐに核は視えた。

シェルモギは何気に悠然と、ライセルの者たちの戦いを観察しながら、死霊全体に闇めいた力を降り注がせていた。

「聖なる力は、そんな程度か」

哄笑と共に、シェルモギは嘲るような声を轟かせた。

「このままじゃ、太刀打ちできなくなるかも」

焦燥感に駆られ、マティマナは小さく呟いた。

騎士たちへの死霊たちの攻撃は、今のところ防具に弾かれている。

だが、闇の侵蝕が増しているように感じる。

死霊鳥たちの吐く闇と、シェルモギが広範囲へと浴びせる闇がどんどん拡がっていた。

「鉱石で、魔法を強めて撒いたらどうだろう？」

矢を射る手も、空間を動かすことも止めずに、ルードランは提案する。

ルードランは、核が視えるときは的確に矢で撃ち抜く。核が視えなくても、闇を弾かせるように光の矢を撃ち込んでいた。

「あ、鉱石、それいいかもです！　でも、取りに戻っている余裕はなさそうね」

魔法を撒きに二階に上がったとき、鉱石は持たずに駆け上がってしまった。

応えながらマティマナも魔法を撒き続けている。少しでも魔法を撒くのが止まれば、シェルモギの闇が深く押し寄せそうだ。

「キーラには重すぎるね」

ルードランは一緒に思案してくれている。宙を跳んで運べそうだと想定したようだが、小さなキーラにはちょっと無理だろう。法師は、だいぶ離れた場所にいる。だが、法師も攻撃の手は緩めないほうがいい。

「……イチかバチか取り寄せてみます！」

「取り寄せ？」

ルードランは次々に矢を射かけながら不思議そうに問うた。

「練習する余裕はありませんでしたが、雑用魔法の食器片づけの要領？」

片づけの逆ではある。が、片づけるために、と考えれば、取り寄せられる気がした。

「試してみる価値あるよ！」

ルードランの言葉に励まされ、マティマナは気合いを入れる。

魔法を撒くのは止めずに、作業部屋のふたつの鉱石に意識を集中させた。

（片づけたいの。その大卓の上から、この籠に入って！）

手元に鉱石を入れる籠を用意しながら、マティマナは大卓の上から鉱石を片づけ、籠に収納させようと遠隔で雑用魔法を働かせる。

マティマナの作業部屋で、何か光ったように感じた。

次の瞬間には、マティマナの手元の籠にふたつの鉱石が転移されて現れた。

「できました！」

「マティマナ！　すごいね！　やっぱり小物の転移、可能なんだ！」

ルードランは嬉しそうな声だ。ルードランの読みどおり、片づけなどの雑用魔法では転移を使っているようだ。

「驚きです！　でも、これで少しは強い魔法が撒けるかも？」

いっそ、ふたつの鉱石の両方を触媒にしたい。でも、両手が塞がるのは不自由だ。より強力な魔法を撒くなら、聖女の杖を腕輪から戻し手に握って使うのがいい。

ぐるぐる考えるうちに撒き散らしていた魔法の影響を受けたらしく、鉱石を入れたままの籠が形を変えていった。

「ああっ、籠も鉱石も形を変えていく……！」

マティマナは焦りながらも良い変化であることは感じられたので見守る。籠は豪華で繊細な金細工めいた首飾りと化してマティマナを飾っていた。鉱石は、小さくなって金細工のなかに埋め込まれていた。身体に、ぴったりと沿うから手に持たずに鉱石を触媒として使える。

「とても、綺麗な飾りだよ！」

ルードランは感嘆の声をあげ見蕩れる視線ながら、攻撃の手は休めていない。

「ああっ、元の鉱石に戻せますかね？」

焦燥しながらマティマナは呟くが、焦りのままに無意識にふたつの鉱石を触媒にした雑用魔法を撒き散らしていた。

「戻らなくても、効果が一緒なら問題ないのでは？」

ルードランは微笑ましそうに囁く。

「そ、そうですね。ふたつの鉱石を触媒にした魔法、撒きます！」

すでに慌ててふたつの鉱石を使った雑用魔法を撒き散らしていたが、一呼吸。マティマナは腕輪を聖女の杖に戻して左手に握った。さまざまな雑用魔法を混ぜ合わせ鉱石を触媒にし、聖女の杖で増幅させながら広範囲に撒き散らしてみる。

強烈な聖なる光が迸るようにあふれた！

聖なる光は、死霊鳥たちの吐く闇を引き剥がしながら地面を移動する死霊たちに降り注いだ。

「死霊の核が、鮮明に視えます！」

ライリラウンの声が響いてきた。

「こちらもです！」

宙を移動する法師の声も聞こえる。

高機能になった聖なる光を浴びたライセルの騎士たちの士気が上がり、体力も回復したようだ。

核が視えずに止まっていた攻撃を、一斉に再開しはじめている。

しかし倒せど倒せど、異界棟からどんどん死霊が湧いていった。

「怯むな！　いずれ、死霊も尽きる」

ルードランが士気を煽るように声を響かせた。それがいつかはわからないが、永遠ではないだろう。

マティマナの新たな魔法と、ルードランの声に鼓舞されて騎士たちの攻撃は俄然激しくなっている。

「うぬぅ、おのれ、マティマナ！」

先に捕まえてやる、と、シェルモギは空を舞うことが可能らしき死霊蟲たちを大量に放った。

転移させる力を付与してあるに違いない。

ルードランが移動させている空間は、マティマナの魔法を浴び続け強力な聖なる力が付与されたようだ。聖なる結界にもなっている。

シェルモギが放った空を舞う死霊蟲たちは、空間に触れ悉く消滅していく。だが、シェルモギは数にものを言わせるように、懲りずに連続で大小さまざまな甲虫めいた死霊蟲を投げつけてきた。

「ああっ、すごい数の死霊蟲ね」

数撃てば、小さな一匹くらい届かせられると考えているのだろう。

もしくは、刻を稼いで別のことを企んでいるのかしら？

空間に当たる前に、ほとんどの死霊蟲は、マティマナの撒く鉱石を触媒にした魔法で消滅していく。

「こんなに小さいと武器での攻撃は難しそうだ」

ルードランは少し厄介そうに呟く。今のところマティマナに向けられているので、他の者たちは小さな死霊蟲とは戦わずに済んでいるようだ。だが、マティマナ以外の者が身代わりに拐われる危険性はある。

その上、小さすぎて、マティマナの撒く魔法以外では倒し残しがでそうだった。

「魔法を撒き続けるしかないですね」

小さくマティマナは呟いた。

「魔気切れにならないかい？」

マティマナの魔気量はルードランには視えているのだろうが、魔法をどのくらい撒き続けられるかはわからないのだろう。

「今のところ、余裕です。ライセル城の力に助けられているみたい」

多分、ライセル城を護るための力を集結させているライセル家の方々の力だ。当主夫妻やディアートがライセル城を護っている力の余波が、マティマナの魔気回復を助けてくれているように感じられる。特に、ルードランの母リサーナは高い治癒の力を持ち、それは魔気の回復にも作用する。

鉱石を触媒に雑用魔法を混ぜた魔法は威力が強烈だ。広範囲、高機能、凄絶な聖なる力に、地上を埋め尽くす死霊蟲も大量に消えていく。

異界棟の屋根に立つシェルモギの表情は、仮面に隠れてわからない。

ただ、バザックスの魔石からの弾や、法師やライリラウンの法術が間断なくシェルモギを狙って放たれているのだが、少しも痛手を受けてはいないようだ。

「どんなに強化しようが、聖なる力の源は把握している」

シェルモギは気味の悪い声を響かせ、騎士たちを脅すように煙幕めいた闇を放った。

マティマナの魔法で回復した騎士たちの体力が、纏わりつく闇に奪われる。マティマナは闇を払うように、強化した魔法を撒く。

何気に拮抗していた。

「ちょっと押され気味かしら……」

マティマナは呟きながら、魔法を強める。

互いに、工夫し、破ると、破られる。

闇と光が互いに侵蝕しあう光景は、悪夢のようではあるが幻想めいていて異様だ。

「……死霊は数に限りがあるはずだ」

ルードランは、マティマナを勇気づけるように囁く。

だが、シェルモギは、大量の小さい死霊蟲をマティマナに向けて放ちながら、今度は次々に死霊化した吸血蝙蝠らしきを放ちはじめていた。

「一体、どれだけ死霊を用意してきているの？」

転移で取り寄せることはできないから遠隔で操り、ベルドベル国から異界通路へと雪崩れ込ませているのだと思う。

「ベルドベル国には、きっと生者は存在しないのだろうね」

吸血蝙蝠は、騎士たちの周りに漂う闇と共に生気を啜る。骨だが、ひらひら舞いながら、啜った生気を闇に変えて吐き出していた。

死霊の核はよほどでもない限り、視える状態になっているので、次々に攻撃を受けて消滅していく。

するとシェルモギは、ライセル城にあふれる死霊たちに捻れたような闇を浴びせた。とたんに死霊は倍加するように増えはじめた。

闇を吐く死霊たちが、異界棟からどんどん飛び出してくる。シェルモギはその闇を吸収してから放っていた。死霊を倍加させたり、合体させて宙を飛ぶ骨騎士に変えて量産したり、滅茶苦茶な造成になっている。

「ふはははっ！　いいぞいいぞ！」

シェルモギは敵地に乗り込んできた状態なのに、俄然優勢だと感じているようだ。

マティマナは、何か、別の武器が必要だと切望する。

何より、シェルモギには全く何の攻撃も効いていない。マティマナのふたつの鉱石で強化した聖なる魔法も、時々投げつけているのだが、すべて近づくことなく消滅した。

「何か、何か造れないかしら？　少しでも、みなさんを助けられる品」

マティマナは焦りながらも、満遍なく魔法は撒き続ける。撒きながら必死で思考する。

触媒はあるが、変化させるべき品がない。雑用魔法を強化することはできても、決め手にはならなそうだ。

「危ないっ！」

間近に巨大な死霊鳥が迫っていた。

ルードランの矢が、近接で核を討ち抜く。

弾けた骨のカケラが消滅する前に大量に接近してきた。

「きゃあっ！」

ルードランの結界めいた空間のなかには入り込んではこない。だが、わかっていても、マティマナは反射的に払い落とすように鉱石を通した雑用魔法を投げつけていた。

パワワワワッと、死霊だった骨のカケラが光を放つ。

死霊を消滅させるための魔法を浴び、闇を内包した骨は光の球に変貌した。闇を打ち払える聖なる武器だ！　無敵の武器がカケラの数だけ出来上がり、魔法の光に包まれて宙に浮いている。

「あ……骨が武器になったみたい」

マティマナは瞠目（どうもく）しながら呟く。

「面白い球体ね！　どうやって使うの？」

あちこちで騎士の補助をしていたキーラが、気配を察してか接近してきて訊いた。

「手に持ったり、武器の先につけて振りまわせば聖なる魔法攻撃ができるみたいです！」

ライリラウンが遠隔で鑑定して声を響かせた。

「ひとつもらうわ」

キーラがひとつを手にし、振り回す。球は大きいのだが軽そうだ。

光が撒き散らされ、針のような小さく鋭いものが次々に飛び出す。

裁縫用の針？

マティマナは密かに吃驚して瞬きする。死霊に当たれば核を探し、生きている者に当たると光に分解され生気を与える。

「あ、いいわね。ルーさまにも、ひとつ。それと騎士さんたちに配ります！」

マティマナは、ひとつの球をルードランの弓へと近づける。ライリラウンと法師の杖にも届け、他の宙に浮かぶ光の球は、片づけの雑用魔法の応用で騎士たちの持つ武器の先へと次々に送る。

全員には行き渡らないが、あちこちバラバラに配置された。

聖なる力に変換された球は、ルードランの弓にほわりと近づいて宿った。先端に付くかと思ったら弓の形を変えている。

「あっ！　弓が進化したよ！」

ライセル家の弓は、聖なる力を得て進化し形を変えたようだ。

「まあ、なんて立派で綺麗な弓！」

聖なる力で闇を駆逐する矢を放つことが可能な弓に進化したようだと、ルードランの心から伝わってきた。しかも、何十本も同時に矢が飛んでいく。

余っていた光の球が、マティマナの杖にも飛び込んできた。

「あら、聖女の杖も進化したみたい」

軽さが増し、大きさと威力も増している。闇に対する耐性がかなりついた感じだ。

「また、骨が砕けるといいのかな？」

ルードランは閃いたように訊く。

「それ、いいですよね！」

そんなにうまくいくとは考えにくい。だが、もしうまくいけば飛び道具になったり武器を進化させたり、便利で聖なる変化をもたらす品を配ることができる。

城のあちこちで、マティマナから与えられた球による、聖なる魔法の針と光が飛び交っていた。

「来た！　巨大な死霊鳥！」

マティマナからの魔法を浴びて核が視えている。間近に引きつけてからルードランは核を撃ち抜く。

先ほどより大量の骨のカケラが飛び散った。

マティマナはすかさず、ふたつの鉱石を触媒にした魔法を浴びせかける。

「ああっ、さっきと違うものができたみたい！」

大量の箒が光り輝いて浮いている。以前に造った箒とは全く別物だ。見た目も豪華。

振ると、光が舞い散る。

『光の飛沫が、核を狙い、生きているものには回復効果』、と、ライリラウンの鑑定の内容が響いてきた。

マティマナは、片づけの魔法の応用で、あちこちに箒を届ける。

普通に地面を掃けば、地を這う死霊蟲が倒せるはずだ。

「どんどん巨大な死霊鳥を狩ろうか」

ルードランは、真剣な表情で呟いた。

シェルモギは、空を飛ぶ巨大死霊鳥たちを合体させはじめた。竜にも似た迫力で、骨の翼を大きく拡げ城壁の内側を舞い、攻撃を仕掛けてくる。だが高い城壁から立ち上る結界の外には出られないようだ。

「ああ、なんて迫力なの！　たぶん、たくさんの核を持っています」

核を持つものたちが合体しているから、合体した数だけ核もあるだろう。骨竜のような死霊鳥に、マティマナは震え上がったが、魔法は立て続けに投げた。

ルードランは引きつけるように、というより空間を近づけ間近に寄っていく。

「ルーさま、まさか……っ！」

「そう。良い武器ができそうじゃないか？」

地上では合体を繰り返した死霊が、骨の組み合わさった巨体になって壁を打ち破ろうとしている。

マティマナは魔法をなるべく広範囲に撒きながら、ルードランの作戦のために溜めた魔法を待機させる部分も用意した。

聖女の杖から撒かれる魔法は、戦う者たちに闇を打ち払う強烈な付与を与え、死霊たちの核を視えたままにする効果を強めている。

「ああぁっ、無茶だけど、素晴らしい案です！」

かなり怖い。間近に迫る骨竜は大迫力などという範疇を超えている。

「よし、良い位置に来た！」

ルードランは自分の空間に、巨大な骨竜のような死霊鳥が激突する寸前で大量の矢を放った。

複数の核がすべて射貫（いぬ）かれている。骨はカケラというよりも、かなり大きな状態で飛び散った。

「ルーさま、すごいです！」

緑の眼を見開きながら、マティマナは叫ぶ。杖に溜め込んでおいた、ふたつの鉱石を触媒にして強化させた雑用魔法を放つ。飛び散る骨たちは、満遍（まんべん）なくマティマナの魔法を浴びた。

武器になったのか、何が造れたのか、全くわからない。大量の品々は城の各地に散っていった。

「マティマナこそ！　何が造られたのだろうね？」

「わからないですが、たぶん、必要な場所に必要な武器が届いたのだと思います」

「次々に造るのがいいね」

「はい！」

もう、こうなれば、何も考えずに造り続けるのがいい。

マティマナの武器を手にしたらしく、あちこちで聖なる光があふれている。


だが巨大化させた死霊の力技で、城や別棟の壁が壊れはじめていた。

シェルモギは、死霊を増殖させているし、まだまだ異界棟からも死霊が流入し続けていた。

核は、無限なのだろうか？

合体した死霊は複数の核を持つが、全部の核を壊すまで大きいまま動いている。

シェルモギは倍加させ、合体させ、死霊は無限だと思わせているが、感覚としては、死霊の絶対数は減ってきているように思う。

「ああっ、主城の壁が！」

壁に穴が開けられ、小さい穴へぞろぞろと死霊蟲が入り込んでいく。

扉が壊された別棟もある。扉が壊れれば、骨騎士たちも乱入する。

「城内は、武器が行き渡っているだろうか？」

ルードランは少し心配そうな表情だ。

マティマナが撒いた魔法を介して見る限り、城内の侍女や使用人たちは色々と渡されている武器や防具で応戦しはじめているようだった。奥まで侵入させないように奮闘してくれている。

新たに出来上がった箒で、死霊蟲を必死で掃き出しているようだ。

「みなさん、すごいです！　箒、良い武器みたいですね！」

気色悪い死霊蟲に、侍女たちはキャアキャア言いながらも、素晴らしい機動力を発揮していた。

舞い込もうとする死霊鴉は、箒で叩(たた)き出そうとすると細い枝が核に当たるようで、倒せている。


新たに異界棟からあふれてきた死霊が吐く闇は濃い。ライセルの騎士たちから奪う生気も闇に変換し、濃い闇と共にシェルモギはそれを吸収して膨大な攻撃力と防御力を身につけていた。

その上で少しずつ闇を放出し、種類が増えた死霊を強化している。

不意を突くように、マティマナへと小さな死霊蟲が放たれているのには注意が必要だった。

ルードランとマティマナは死霊鳥や骨竜を倒し、骨からどんどん聖なる武器を増産する。

「異界棟からの死霊の流入が弱まってきています！」

法師の声が、高らかに城の敷地内に響き渡った。

髑髏の仮面をつけているので、シェルモギの表情はわからない。

シェルモギは闇の煙幕を撒き散らし、死霊の数を誤魔化そうとしているようだ。

更に、合体させた死霊を倍加させた。

「シェルモギの養分となる闇が減るかもしれませんね」

マティマナは法師の声を受け、ルードランへと囁く。

「死霊に限りが見えてきたようでありがたい」

「動揺しているかもしれないから、魔法飛ばしてみます」

ふたつの鉱石で強化した混合の雑用魔法を、一直線にシェルモギへとぶつけた。

シェルモギに打撃はなさそうだったが、異変？　なのか、独り言が聞こえてきている。

(死霊蟲が尽きた？)

そんなはずはない、と、雑用魔法がシェルモギの呟きを拾ってくれている。意外そうな響きの声だ。異界側での異変なのか、異界通路を超えて探るような気配をさせていた。

怒りに満ちたようなシェルモギの身振り手振りは、身につけた闇の装束のせいか不気味な死の舞いのようだ。

「退路が断たれたか。まぁ、いい。ライセル城よ、我が根城となれ」

シェルモギはかえって開き直ったように、轟く声をライセル城へと響かせた。

帰れなくなったらしい。異界側で何かが起こっている。

通路から来る死霊の数は確かに減っている。飛び出してくる数はわずかだ。

（もしかして、異界、鳳永境で何か、とんでもないことが起こってるのかしら？）

シェルモギに聞こえないように、マティマナはルードランへと心で囁く。

（そのようだね。第二王子フェレルドが何か仕掛けたのだろう。あの大量の聖なる品の買い付けは、このときのための準備だったに違いないよ）

（シェルモギの国が攻められているのですか？）

マティマナは瞬きしながら問う。

（まぁ、もぬけの殻だろうから、簡単だ）

元より生者など存在しないような、死霊使いの国ベルドベルだ。

（ですよね、死霊は全部、ライセル城に投入されていますよ、これ）

（だから、シェルモギを討てば、戦いはすべて終わる）

マティマナはルードランと心のなかで言葉を交わし、何度も頷いた。

新たな死霊の流入が止まり闇の補給がなくなれば、徐々にシェルモギを追い詰めることができるだろう。


空から降ってくるバザックスの弾の攻撃が、威力を増している。

「あ、バザックスさま、すごい攻撃です！　魔石が進化したのかしら？」

随分と魔石を使い続けているから、進化するのも早いに違いない。進化した魔石は、格段に威力を増すはずだ。

骨騎士は一瞬で消え、合体した核が複数ある死霊も連弾で消滅させられている。

聖なる光が飛び散った。

「進化の上で、マティマナの魔法が付与されたのかもしれないね」

「魔石にも、作用できたの？」

鉱石を使った闇を内包する聖なる品の効能には、計り知れないものがある。

心強い限りだ。

バザックスの攻撃だけでなく、騎士たちによる攻撃でも聖なる光があふれていた。あちこちで聖なる光が煌めき、滞る闇を少しずつ駆逐している。

光が満ちて積もれば、地を這う死霊蟲たちも弱るに違いない。

法師と、ライリラウンの雷に似た攻撃は、シェルモギへと集中して放たれるようになっている。

効果は薄く見えても、少しずつ闇が削れていた。

「みんな、あと一息だ！　聖なる光を放て！」

ルードランの皆を鼓舞する声が響き渡り、呼応するように皆の「おおっ！」という歓声が城の敷地中に谺していた。

第11章
雑用魔法無双

ルードランが間近で倒す巨大死霊鳥の骨は、次々に魔法の品になった。自動的に城の敷地のあちこちに届けられている。

骨から造られた聖なる武器が使われるたびに、光があふれる。

雑用魔法の拡がりは、マティマナに別の視覚を与えてくれていた。

魔法の濃度によって差はあるが、そこかしこの景色がよく視える。

「光が満ちて城の色々な場所がハッキリ視えるようになりました！」

呪い事件のとき、雑用魔法を撒いておけば頭のなかで立体画像のように視えていた。それと似た感じだが、はるかに高性能な視えかただ。

「あ、マティマナと意識を交わそうとすると、僕にも視えるよ」

「不思議な光景が……展開していますね」

皆の攻撃から発した光が溜まる場所に鉱石に強化された雑用魔法が降り注ぐと、光り輝く雑用具が現れる。

雑巾、布巾、敷布、壺、収納箱、紙。小さめの光の布は、死霊蟲を包み、収納箱は、大きさに合わせた死霊を閉じ込める。包み込まれたり、フタが閉まると死霊は消滅した。

「道具が自動的に、死霊をつかまえているね」

大きな箪笥のような収納箱、もっと大きな収納棚。光りながら奇妙な動きで移動し、死霊騎士を飲み込んでいた。扉やフタがパタンと閉まり、死霊を消している。

小箱も、小振りの収納箱も、死霊蟲を閉じ込めていた。

光の食器類が飛び回り、死霊に激突して核を壊す。箒や塵取りも自動で動いている。

「何が起こっているの？」

マティマナは雑用魔法を強化して撒き続けているだけだ。なので、なぜこんな状態なのかはわかっていない。

死霊蟲たちに踏みつけにされていた庭園の花も、マティマナの魔法で甦った。花たちは、綺麗に咲き誇りながら聖なる光を撒きはじめている。

地面に聖なる光が積もっていき、浄化するように死霊蟲を弱らせ弾いた。

「ぐぬぬうっ。早く、マティマナを閉じ込めねば」

シェルモギの焦ったような独り言が、城の敷地に響き渡って聞こえる。

「シェルモギ、覚悟せねばならないのは、君のほうだよ！」

ルードランが声を響かせ、大量の光の矢を撃ち込んだ。とはいえ、シェルモギには、どんな攻撃も効かない。

シェルモギは、バサリと異界棟を包み込むように外套を翻した。それは、巨大な闇でライセル城を包み込むような錯覚を感じさせる。直後に、シェルモギの頭上にあった巨大な王冠が変化しはじめた。

黄金の鳥籠？

巨大だが、繊細な細工物のような造形だ。ただ黄金のはずなのに闇のように暗く見える。

「さあ、マティマナ……遠慮せずに入るといい」

くくくっ、と、嗤いながらシェルモギは猫撫で声のような響きで囁く。遠くでの囁きなのに、間近、耳元近くに吐息と共に聞こえる。

「特製の檻、鳥籠は造り直した。さぁ、入るのだ。生涯囚われの身となれ！」

囁きは続いた。シェルモギの鳥籠は美しい造形だ。途轍もなく魅惑的な装飾の芸術品のように見える。

マティマナがそこに入り美を増す幻影、その際に発揮される忌まわしくも強力な死霊使いの力。そのような闇からの幻覚映像が瞬きの間に、皆の心へと攻撃のように仕掛けられている。

シェルモギの王冠として。糧として。闇の聖女は膨大な死霊使いの闇を繰り出す。そんな聖女マティマナの使用方法を皆に示そうとしているらしい。

シェルモギは何を言っているのかしら？　なぜ、わたしが言うことをきくと思っているの？

「入りません！」

マティマナは当然のようにキッパリと叫ぶ。シェルモギは意外そうな気配だ。

「永遠の命を与え、我が大事に飼ってやるというに、なぜ拒む？」

心底不思議そうにシェルモギは問う。

「マティマナ、ダメだ。シェルモギの言葉を聞いてはいけない！」

ルードランは、弓での攻撃をやめて今にもマティマナを抱きしめようとする気配で叫んだ。

「大丈夫です、ルーさま！　攻撃を続けてください」

ルードランが何を慌てているのか、マティマナには全くわからなかった。

「マティマナ、そなたも我と共に世界を手に入れるのだ。そなたの玉座へと入るがいい。さすれば誰も我に敵う者はなくなる。我は無敵だ！」

シェルモギの声は柔らかい響きで辺りを威嚇している。ルードランはなぜかとても不安そうな声で心配していた。だがシェルモギから響く声は、マティマナの心には白々しく聞こえるばかりだ。

（この誘惑が……平気なのかい？）

ルードランが心へと訊いてきた。

（誘惑？）

マティマナはよくわからない、というように瞬きして首を傾げる。そうしながらも、ひたすら魔法を撒いた。

シェルモギは死霊鳥たちが吐く闇を操り、闇の手のような形をマティマナへと伸ばし迫る。その手の上に乗れということらしい。

マティマナは聖女の杖から、タップリと鉱石を通した光を浴びせた。闇の手は、千切れて霧散する。

（闇の魅了とでもいうのか？　惑わされている者たちもいるようだ……）

ルードランの言葉を聞き、マティマナはその気配を視線で追った。確かにふらふらと、異界棟のほうへと吸い寄せられていくライセルの騎士たちの姿が見える。マティマナは慌てて闇の魅了に操られているらしき者たちに大量の雑用魔法を浴びせた。

（全くわかりませんでしたよ？）

マティマナはキョトンとした気配で呟き、ルードランは安堵の吐息だ。ルードランの攻撃の勢いが増した。

シェルモギには全く効力はないとはいえ、それ以外の死霊たちは次々に数を減らしている。

勢いを増して撒き散らされるマティマナの雑用魔法は敷地の品々へと降り注ぎ、どんどん変化を与えていた。

光の盥は、転がりながら死霊蟲の上に伏せる。

運ばれる途中で放置され転がっていた野菜たちも、魔法を受け変貌し生き物のように躍動し死霊を攻撃していた。

主城の壁に開いた穴からも、マティマナの魔法が雪崩れ込んでいく。

燭台に蝋燭、花瓶や煉瓦、石材、壊れた壁の破片。

柱や梁の飾りのなかに埋もれるようだった人形めいた彫刻も、動きだしている。飾りのなかにある、よくわからない形のものも生き生きと魔法に踊る。

厨房横の特別な巨大ゴミ箱は、光を発しながら、どんどん死霊蟲を吸い込み分解し消していた。

マティマナは、魔法が届いた場所の状況を把握しながら驚愕してしまう。

魔法で出来上がっている品以外にも、元々のライセル城の品々にも魔法の力が及んでいた。

「ああ、これって、元に戻せるのかしら？」

城の調度類が、みな魔法で踊りだしているようだ。死霊を倒すために生き生きと動いていた。

「今は、後のことなど気にせず、どんどん魔法を撒くといい」

ルードランは笑みながら促してくれる。

雑用魔法は、特に雑貨に反応が良いようだ。

変化した雑貨類が、次々に死霊へと攻撃を仕掛けている。

多めの荷を運ぶための大箱は、死霊騎士に覆いかぶさりながら飲み込んでいった。

靴は、踏みつけて攻撃している。帽子は包み込む。

「すごい、すごい魔法だ！」

あちこちから歓声が聞こえている。

洗濯物を運ぶ大きな袋が大口を開けたところに、衣装が長い袖で死霊を捕まえ放り込んで消していた。

良い連携だ。

宝飾品も、呼応したように聖なる光を放っていた。

椅子や卓も、近くに死霊が来れば反応している。

鉱石を触媒にしたマティマナの魔法は、穴から入り込むだけでなく、壁や屋根をすり抜けて室内にも届くようになっていった。

騎士たちの宿舎や、控えの場では、鎖、御者の鞭。馬車。警邏用の馬車。転がっている石。そんなものたちも、強力な聖なる雑用魔法を浴び、皆、動きだしている。

光は地上に満ち、異界棟を這い上った。

シェルモギの異界棟を包み込む闇の外套の裾が、わずかに縮む。

しかし、相変わらず、シェルモギ自身に打撃は与えられていない。

どんな攻撃も全く効かなかった。

どうしよう……。

マティマナは焦るが、良い方法は浮かばない。

このままでは、死霊はすべて倒せても、最終的にシェルモギひとりは残ってしまう。それだと持久戦の末、魔気切れで闇に飲まれ、ライセル城が落ちる可能性があった。

自動的に聖なる光があふれ続けているこの好機に、シェルモギの弱点を探して倒さねばならないだろう。

「シェルモギにも、核のようなものがあるのだろうか？」

ルードランが訊く。

「魔法が全部弾かれて、わからないです。でも、たぶん、死霊使いだけれど、生者ですよね？」

闇の外套が短くなりはじめているのは、光の影響もあるが闇の補給が少ないからに違いない。きっと、じわじわと弱ってはいる。

「この力の源は、何だろうね？」

ルードランに更に訊かれ、マティマナはシェルモギへと魔法を放つ。届きはせずに闇に消されるが、少しずつ何かが視えているような気がする。

皆の放つ光と、雑用魔法があちこちで混ざり合い、マティマナの感覚を強めてくれているようだ。

「核に似た……、でも、なんだか聖なる品の気配？　感じます」

……もしかして？

シェルモギに囚われたとき、マティマナは聖なる空間に包まれて助かった。ルードランに助けられた後、空間は押し潰（つぶ）され不浄に包まれた物質と化している。

まさか、それを身体に埋め込んでいる？

そんな思考が巡り、ルードランにも伝わったようだ。

「多分、それだ！」

ならば、きっと死霊における核のような状態になっているのだろう。それはマティマナ由来の力への対策だ。圧倒的な聖なる力で包み込まねば視えないだろう。何より、深い闇に護（まも）られているから、聖なる光は届かない。

あれ？　でもシェルモギは死霊ではないし……。圧倒的な聖なる力で包み込めれば、核を壊すまでもなく倒せるのでは？

不意に、マティマナはそんなことを考えた。

雑用魔法だけでは不十分だ。元より、雑用魔法に攻撃力などない。でも、ふたつの触媒を使い、強力な品へと付与すれば——。

「何か、方法ありそうかな？」

ルードランは、マティマナの意識のなかで何かが形になりつつあると気づいたようだ。

皆の協力があれば、きっと可能だ。

確信めいたものが、マティマナのなかで大きくなっていた。

「ルーさま、城壁上の魔法陣……」

マティマナは小声で囁く。魔法陣による防御壁は、元より強烈な魔法の品だ。

「あの防御壁に聖なる魔法を混ぜてシェルモギを攻撃できないでしょうか？」

防御壁に攻撃力はないかもしれないが、霊鉱石の力が混じれば攻撃力をつけられる。防御壁全体に魔法を付けるには、全員の力が必要かもしれない。皆で魔法を撒いて、聖なる力で城の敷地を満たし、その力を防御壁の魔法陣に注ぐ。そして全方位から一点集中でシェルモギに注ぎかける。

「わたしの力だけじゃ、不十分ですが、みなさんの協力が得られれば……」

確信を込め、マティマナは更にルードランに告げた。

「そういう使い方は初めてだろうけど、マティマナの思うようにやってみるといい」

ルードランは完全に信頼した眼差しを向けてくれている。

「はい！　では、みなさんに協力していただきます！」

決意したようにマティマナは深呼吸した。

「みなさん！　どうか、わたしに力を貸して！　聖なる武器や道具で、城中を、もっともっと光で満たしてほしいの！」

マティマナはライセル城の敷地全体へ声を響かせる方法に言葉を乗せる。城中に、マティマナの声は響き渡った。

「聖女さま！　もちろん協力します！」

「任せてください！」

あちこちから頼もしい声が響く。騎士たちだけでなく、侍女や使用人たちも、皆協力する声をあげてくれている。

皆がマティマナからの魔法の道具を使うことで、聖なる光はどんどん増えた。

マティマナは、更に応援するように鉱石を触媒にした強い雑用魔法を撒きまくる。

魔法の品も、庭園の花も、聖なる光を放つ。主城からも、たくさんの棟からも光があふれた。

聖なる光が、聖なる光を呼び、城の地面は光の海のような状態になっている。

ルードランも、法師も、ライリラウンも、バザックスも、聖なる攻撃を放っていた。キーラも、魔法具を手にあちこち飛び回っている。それにギノバマリサも魔法の品を手に入れ、光を撒いてくれていた。

誰もが、マティマナの魔法の品を手にすることができ、それぞれの使い方で聖なる光を増やしてくれている。

「おのれっ！　何を企んでいる……！」

シェルモギが怒りに満ちた声で、城を揺らしながら光を打ち消すように捻れた闇を滴らせた。闇は、光のなかへと流れ込むが光の渦に巻かれて打ち消されていく。

異界棟にも光はじわじわとよじ登っていく。外套が少し千切れ、不意に髑髏の仮面が割れた。

シェルモギは思わず顔を手で覆うような仕草をしたが、闇を操ることを優先したのだろう。すぐに、手は闇を舞わせるような動きで顔から離れた。

超絶美形の貌――。

端整であるだけでなく、闇の魅力を見せつけるような美しさなのだ。黒く長い髪が浮かび上がらせる白い肌。暗く光る青い眼。シェルモギの空間からルードランの転移で逃げるときに、垣間見たよりも何千倍も美が際立っていた。

聖なる光が蔓延しているせいで、マティマナの視界が皆の脳裡にシェルモギの麗姿を投影し見せつけてしまっている。城の者たちは怯み、息を呑んでいた。

「ただで済むと思うな……！」

怒りに満ちたシェルモギの声も、髑髏の仮面が外れれば魅惑に満ちた美声だ。しかし、シェルモギの美貌は苦悶に歪んでいる。

この機会を逃したら、またシェルモギが闇の力をぶり返してしまう……。

「地面に満ちた光が、どんどん城壁を上がっていきます！」

法師の声が響いてきた。

死霊たちは消滅してはいないが、聖なる光の下敷きになり動きは止まっている。光が満ちあふれ、もはや闇が滞るのは、シェルモギの周囲だけだ。闇の補給が減り、シェルモギは苦痛を覚えているのだろう。

ルードランが何かを案じている気配が強まっている。だが、マティマナの魔法に関しては全幅の信頼を置いてくれているとわかった。

わたしの雑用魔法はライセル家の由来なのだから、きっとできる！

マティマナは脳裡に閃く導きのままに、地に満ちた光へと更に魔法を降り注がせた。もう一度、鉱石で強化させた状態だ。目映さを増した聖なる光は、城壁を登る光を追って駆け上る。そして魔法陣を含む防御壁全体へと吸い込まれ、一体化していった。

ごごごっ、と、光の渦が轟音を立てているような気配だ。

防御壁の魔法陣は、強烈で清浄なる光で構成し直されていた。

全方位の防御壁は、聖なる光の魔法陣と化す。

「おのれ……っ、何を……？　何をする気だ！」

シェルモギは異界棟の上に聳えるように立ち、闇を厚く纏う。だが、聖なる光の魔法陣に取り囲まれ焦燥した気配は隠せない。異界棟にも聖なる光はよじ登っている。

逃げ場はない。死霊たちも、シェルモギも、恐らく異界棟のなかには戻れないのだ。シェルモギは、ライセル城を根城にする気でいたから、退路など必要なかった。

「マティマナ、今だ！」

ルードランは、力が満ちて攻撃力が最大限になった絶妙の一瞬がわかったようだ。

「はい！」

マティマナは頷いて応えた。聖女の杖を更に巨大化させ、導くように振り回す。

「みなさんの力をひとつに！」

叫ぶようにマティマナは声をあげ、全方位の魔法陣に指示する。城の者たち全員の力が結集して

いるのがわかった。魔法陣に充満した光は、聖女の杖に導かれ、膨大な数の光の魔法陣となり、一斉にシェルモギ目指して激突していく。

シェルモギに当たると魔法陣は解(ほど)けて光の糸となり、あらゆる方向からシェルモギに巻きついて締め上げている。

「ぎゃあああっ！」

聖なる光の糸が、異界棟を包み込むように残る闇の外套を切り裂いた。

鋭い光の刃(やいば)と化した糸が、ベルドベル国王シェルモギを包み込み締めつけながらズタズタに切り裂いている。

淀(よど)む闇は光に切り刻まれ、聖なる光に包み込まれ消滅していく。

（おのれ、おのれ、おのれ……っ）

シェルモギの身体は、バラバラの残骸となっていく。

呪詛(じゅそ)するようなシェルモギの声も次第に小さくなり、ぷつりと途切れた。

ぱあああっ、と、聖なる光が麗しい煌(きら)めきを宿しライセル城を包み込む――！

シェルモギは消滅した。闇のカケラも残さずに。

一瞬、マティマナは、小さな黒蟲(こくちゅう)のような塊(かたまり)が城壁を貫いたような感覚があった。だが、たぶん、幻影だろう。通り抜けた穴はなく、気配の痕跡は城壁の手前で消えていた。元より許可のないシェルモギはライセル城からは転移不可能だ。

気のせいだったかな？

万能状態が続いている雑用魔法でその場所を調べたが、やはり穴の痕跡などない。気がかりではあるが、シェルモギの存在は感じられなかった。

すべての闇が晴れ、ライセル城は光に満ちている。

「やった！　勝ったぞ！」

「勝利だ！」

「ライセル城の勝利だ！」

あちこちから歓声が湧き上がり、響き渡る。

「すごいよ、マティマナ！　聖なる光は、シェルモギを倒したね！」

歓喜した響きのルードランの声。

「はい、みなさんのお陰です！」

脱力しルードランの空間にへたり込むように頽(くずお)れながら、マティマナは危機が去ったことだけは確信できていた。

理不尽に婚約破棄されましたが、
雑用魔法で
王族直系の大貴族に
嫁入りします！

エピローグ

ライセル城での慰労会

『マティマナ……！』

遠くから声が聞こえている。だが、反応できない。

『誰か……、マティマナの魔気を、魔気を回復させてくれ』

必死になっているルードランの声。

あれ？　わたし、また魔気不足で意識失っちゃったのかも？

声が遠い。いや、身体から抜け出して外から聞いている感じ？

『僕が一緒にいたのに、魔気を使い果たすのを止められなかった！』

ルードランの悲痛な響きの声と、狼狽。こんな姿、はじめて見る。いや、シェルモギから奪還してくれた後もそうだった。

『あの状態では、誰にもマティマナ様を止めることなど不可能でした。それに、止めていたらライセル側が全滅でした』

また、ルーさまに、心配かけちゃったみたい……。

だが、動けない……。身体に戻らなくちゃ。

『誰か、マティマナに魔気を……っ』

ルードランの必死の訴えに、皆は手段を探している。魔気の回復薬や魔法は、術を持つ者たちから、ありったけ施されていた。だが、思いのほかマティマナの魔気の器は巨大らしく少しも回復してこない。

『何か方法は……僕の魔気も、もう空に近い』

『あ、そういえば、不思議な効果のアイテムが造られたのを鑑定しました！』

不意にライリラウンは何かを思い出したようで眼を見開く。戦いの最中に見た何かを探している。

ライリもキーラの使う言葉を使うようになってるのね……。

自らの置かれた状況も忘れ、マティマナは微笑ましく感じている。

『ありました！　これ！　キーラさんなら使えそうです』

ライリラウンは、マティマナが闘いのどさくさで造り出したアイテムを探し出してくれたようだ。

キーラは人型の姿でライリラウンから小さな宝飾品めいたアイテムを受け取ると、目蓋を閉じて意識を集中させている。

ライセル城の敷地中に、あふれて溜まっている聖なる魔気。光の海のような魔気がキーラの手にしたアイテムに集まってくる。キーラは、その集めた魔気をどんどんマティマナの身体、魔気の器へと注ぎ込みはじめた。完全に魔気切れだったマティマナの器にみるみるうちに魔気が満ちていくと、身体から抜け出していたマティマナの意識は身体に吸い込まれる。沼にでも落ちたように一瞬意識が眩む。熾烈な苦痛……。

そして、マティマナの意識は浮上した。

「……あ……、……ありがとうございます……みんな……」

視えてました、と、掠れた弱々しい声でマティマナは呟き足す。魔気が一気に戻されたためか、吐き気めいた感覚に襲われていたが、すぐにそれは治まってきたのでホッとしている。

「……よかった……マティマナ……。僕がついていながらすまない」

マティマナはまだ喘ぎ気味だったが、ルードランの押し殺したような響きの言葉には全力で首を横に振っていた。

一気に戻された魔気は、しばらくすると元どおりに馴染んだ。マティマナはすっかり元気になっている。

キーラは、光の海のような聖なる魔気を、マティマナだけでなく、他の者たちにも補給してくれたようで、皆それなり元気になっているようだった。

「すごいアイテム造ったわね、聖女マティ！」

キーラは感心してくれている。

でも、こんな聖なる魔気の海なんて滅多に存在しないから、他では使えないわね……と、キーラは思案げに独り言ちている。

マティマナは自分がどのくらいの間、意識を手放していたのだろう？　と、少し不安になる。

しかし、それを訊く間もなく、敷地の聖なる魔気の海の底には死霊たちがまだ残っていることを察知してしまった。

シェルモギは倒したのに、大量の各種死霊たちが目的もない状態で残されているようだ。

「シェルモギを倒せば消えると思ったのに！」

マティマナは思わずぼやく。

こんなに聖なる光があふれているのに！

魔法を撒いて死霊たちの核をわかりやすくしながら、ルードランと、あちこち確認して歩くことにした。

これは、死霊の後片づけが大変だ。

ただ、もう増えないし、強化もされない。

ひたすら倒し、浄化を続ければいい。

「あと一息だ。片づけてしまおう！」

皆がキーラによって魔気を補充されたことを知っているルードランは声をかける。確かに、片づけてしまわないことには安心して眠ることもできないだろう。

何気に高揚感に包まれている城の者たちは、気合いを入れた声で応えながら、残った死霊を倒している。

幸い、誰もがマティマナの聖なる品を手にしていた。

花から造られた品々にも、さまざまな効能がある。侍女たちは素晴らしい活躍をしてくれたので、後始末のためでもあるし飾りを配って使ってもらっている。

それぞれの効能に合わせて、役割を果たしてもらえるだろう。後始末にはピッタリの品々だった。

「城も、別棟も、結構、壊されましたね」

マティマナは惨状に心を痛めながら呟く。勝手に動きだしていた調度類などは、戦闘が終わったのを悟ったのか大人しく元の配置に戻ってくれている。

ただ魔法の箱やら、魔法の雑貨類たちは、まだ死霊退治を自動で続けていた。

「この壁は、修繕に時間がかかりそうだ」

城の壊された壁を眺めながら、ルードランは思案げだ。

「少し、雑用魔法で修繕してみましょうか？」

マティマナは呟くと同時に、聖女の杖から魔法を放っている。戦闘中に、何度も強化され進化した聖女の杖から放たれた修繕の魔法は、思ったよりも広範囲の壁を一瞬で直していた。

修繕というよりは、復元だ。

「すごいねマティマナ！　魔法、使いすぎていない？」

ルードランが心配して訊いてくるが、魔気の消費は少なかった。

「全く平気みたいです！　これなら、全部、直せるかも？」

ルードランと見回りをしながら、マティマナは雑用魔法を使い放題な状態に戻ったことに安堵しつつ修繕に力を注いだ。


異界棟のなかは、酷いありさまだった。床や柱などの骨組みは残っている。岩づくりの壁も辛うじて姿がある。

そのほかの壁やら装具やら、調度類は粉々だ。

マティマナが通路を封じた厚い絨毯は、吹き飛ばされて岩壁にめり込んでいた。

何より酷いのは、死霊蟲や死霊たちが壁にめり込んで動けなくなっている状況だ。動けていた死霊たちは、シェルモギが消滅した後、異界へと通路を渡って戻ったのだろう。

「わたしの魔法だと、直接的には倒せないのですよね」

マティマナは魔法を撒き、死霊の核を視えるようにしながら呟いた。

たぶん、核に入っている聖なる成分の影響だろう。

「異界棟の修繕は、ちょっと時間がかかりそうだね」

ルードランはここでも惨状を眺めながら呟いた。

とはいえマティマナが修繕の魔法を撒きまくると、かなり形は取り戻せた。

「異界から戻ったら、集中的に魔法撒きます！」

死霊を片づけながら異界へと渡っていく予定なので、戻ってきてからの作業となるだろう。

騎士たちも複数連れ、マティマナとルードランが後始末の加勢に行く形だ。

ライセル城のほうは、他の者たちに任せた。

もうシェルモギはいないので、マティマナも同行できる。ルードランと寄り添って階段を下りはじめた。

騎士たちが先頭に立ち、背後からルードランとマティマナが続く。マティマナは広範囲に魔法を撒き、騎士達は螺旋階段の死霊蟲や骨騎士などを倒しながら異界へと向かった。

公爵城では城に取り憑いていた死霊たちを退治できたようだ。

広場に出てきて死霊の始末をしている。

グウィク公爵がルードランとマティマナの気配を察したのか、城から飛び出してきた。

「第二王子フェレルド様が……何やらベルドベル国への対応をしてくれたらしいのです」

とはいえグウィク公爵は、何が起こったのかわかっていない様子だ。

「シェルモギは倒しました」

ルードランが告げる。

「ええ。ルードラン様が、ガナイテールにいらしてますから。見事なものです」

心底感心した様子でグウィク公爵は安堵の吐息をついていた。

「不意に、死霊の流入が止まったお陰です！　一体、何が起こったのですか？」

マティマナの問いに、グウィク公爵は首を傾げる。

その時、転移の閃きと共に、ふたりの姿が現れた。第二王子フェレルドと、その婚約者クラリッサだ。

「お陰で、ベルドベル国は、我が国の第一王子テビエン・ガナが王となる」

上機嫌なフェレルドは、そう告げた後でライセルの者たちに厚く礼を述べた。

「どういうことです？」

ルードランの問いに、フェレルドはグウィク公爵を下がらせる。ルードランも、マティマナ以外の者たちを広場の死霊退治に向かわせた。人払いしての立ち話だ。

「兄上は、訳あってガナイテールの王位継承からは外れている。だから、王位に就くには他国を攻めるしか方法はなかった」

元より死霊を送り込んでくるベルドベル国とは戦時であり、一触即発で大戦が始まるところだったようだ。

シェルモギが人間界の姫(マティマナ)に固執しているという噂(うわさ)が、フェレルドを動かしたらしいとわかった。

「王宮近くのポース公爵家が、良からぬ企(たくら)みをしていてね。軍備を増強し兵を増やしていた。その企みへの処罰のひとつだよ。ポース公爵と令息、徴兵された兵を、第一王子の近衛たちと共に、ベルドベル国の城へとまとめて飛ばした。王宮には大がかりな転移魔法が備えられているのでね」

とても的確な判断でした、と、婚約者のクラリッサが呟きを足した。

「シェルモギがなかなか通路を渡っていかないので、かなりやきもきしたよ」

フェレルドは綺麗(きれい)な顔でにっこりと笑む。ベルドベル国王が不在になると予期し、その瞬間を狙い定めて待っていたのだろう。

「第一王子の軍勢が、ベルドベル国で死霊たちを退治したので流入が止まったのですね？」

マティマナは納得したように呟いた。

「国は、元より、もぬけの殻だった。ただ、王座に死霊を吐き出し続ける魔道具が設置されていたそうだ。それを封じたから、死霊は限りあるものとなったのだろうね」

「お陰で助かりました」

ルードランは丁寧に礼をする。

「ライセル城を巻き込んでしまって、申し訳なかったね」

フェレルドも、丁寧な礼を返してくる。冷徹王子との噂どおり、何やら随分と無茶な計画を実行したようだが、笑みは穏やかで綺麗な貌を引き立てている。

マティマナは自分のせいで戦乱が引き起こされたように思っていたが、フェレルドは違う認識らしい。

「新しいベルドベル国は、ガナイテール国から独立する形なのかな？」

ルードランが確認するように訊いている。

「当面は後片づけと、生者捜しだろうね。国としての体裁が整うのは、ずっと先だ。食料も恐らく皆無で、自立できるまでは、ガナイテールが支援するしかない。当分属国だよ」

なるほど、と、ルードランは頷いた。

死霊が国に満ちていたような場所、マティマナを虜囚としたときのあの不浄な場所。あんな酷い状態から人が住める国へ変えるのは、並大抵の苦労ではないだろう。

まして、死霊ばかりで農地も産業もなかったに違いない名ばかりの国だ。

王位を得ても、臥薪嘗胆の日々だろう。冷徹王子は処罰と言っていたから、送り込まれた者たちも並大抵の苦労では済まされないはずだ。

フェレルドは、ガナイテール側の異界通路の上に、館を建てることにしたらしい。

館のなかから、グウィク公爵領の市場や、王宮近くの交易市場へと直接転移できる魔法陣を往復で設置するとのことだ。

その館は王宮より、グウィク公爵へと寄贈される。辺境の国境を護(まも)り続けることで疲弊したグウィク公爵への労(ねぎら)いでもあるようだ。

「死霊の害がなくなりましたので、領地民が増えてくれるだろうと思います。今後とも、交易での行き来を、ぜひよろしく願いたい」

フェレルドが王宮に戻った後、グウィク公爵が寄ってきて話してくれた内容だ。

「状況を知らせていただけて、とても助かりました。今後とも、ぜひ末永く友好関係を築きましょう」

ルードランも、異界棟を修繕した後に、異界棟をルルジェの都と繋げる算段を約束していた。

互いに死霊の心配がなくなったので、安心して都の商人たちを交易に行かせることができそうだ。


ライセル城の死霊退治は、なんとか一段落だ。

城や別棟などで修繕の必要なところは多々あるが、少なくとも居城内の死霊は一掃された。

外の敷地には若干、残っているかもしれないが後回しでよいだろう。まだ、自動で死霊を退治する魔法具が複数動き回ってくれている。

城壁の上の魔法陣の防御壁は、シェルモギを倒した折に消失した。再度、使用できるまでには地道に魔気を溜める必要がありそうだ。死霊の残党を外に出さないため、まだ城壁は閉めている。

幸い、怪我人(けがにん)はいなかった。生気を奪われた者や、毒を受けた者はいたが、法師やライリラウンがその都度対応してくれたので人的な被害は皆無だ。

ただ、さすがに誰もが休息が必要な状態だった。一段落したところで、一斉に皆、力が抜けている。

聖なる光が未(いま)だに残って城内はどこも目映(まばゆ)いが、眠りの邪魔にはならないだろう。

* * *

慌ただしいなかマティマナはルードランと共に食事も済ませることができ、人心地がついた。

早々に眠りに落ちた者も多いが、賑(にぎ)わいも続いている。

疲労していても皆が活躍しての勝利に話題は尽きないらしく、活気に満ちあふれていた。

マティマナはルードランに連れられ、塔の最上階にいる。

塔から見下ろすと、夜の城はあちこちで聖なる光が瞬いていた。

「地面に星空があるみたい！」

マティマナは弾む声をたてた。

「みんなの働きの痕跡だね。とても綺麗だ！」

一緒に下を覗き込みながらルードランは安堵したように囁く。

「徐々に消えるとは思いますが、かなり派手ですね」

自動で動いて死霊退治している魔法の道具たちは、どうなるのかな？　と、ちょっと心配ではある。光が薄れるように、少しずつ消えていくのかもしれない。

「眠ってしまう前に、マティマナと一緒に過ごしたかった」

背後から抱きしめられ、耳元近くで囁かれた。身体に絡められる腕へと軽く腕を絡め返しながらマティマナは頷く。

「わたしも、ルーさまと、ふたりで過ごしたかったです。とても嬉しいです！」

じんわりと背へと身体の温もりが伝わってくる。甘美な感覚に包まれ、疲労感など吹き飛んでいった。

マティマナは腕のなかクルッと身体を回転させ、ルードランの背へと腕を回して抱きついた。

「……抱きしめ合えるの、嬉しいよ」

改めて背を抱き留める手の感触と、ルードランの囁きに頬が熱くなる。腕のなかにいる安堵感が、ずっとマティマナを密かに畏怖させていた感覚を解いてくれる。ひとりで抱えるには気がかりな思いが、心に甦った。

「シェルモギが消えたとき、錯覚だと思うのですけど、何かが城壁を突き抜けていったみたいな気がしました」

魔法で確認しましたが痕跡はなかったです、と、言葉を足した。

ルードランに聞いてほしかった。小さな気がかりではあるし、心配させたくないという思いもあるが、心にしまい込むのは、きっと良くない。

「それは気になるね。都で異変がないか、極秘の警邏を増やそうか」

ルードランは即座に対策を考えてくれている。マティマナは心底ホッとした。

「ありがとうございます、ルーさま！」

思わず抱きつく腕にギュッと力を込めていた。何より言葉を信じてもらえて嬉しい。

「ずっと一緒にいたのに、抱きしめることもできなかった……」

そんな状況ではなかったけど、と、笑みながら、ルードランは少し身体を離す。マティマナの頤を、そっと指先で捉えて上向かせた。

唇が淡く重ねられる。キスの衝撃に、くらくらしてマティマナはしがみつく手に力を込めた。

「後片づけが終わったら、城で働くみなさんに、お礼がしたいです」

ルードランの腕のなかに抱きしめられ、せっかく甘い刻を過ごしている最中。なのだがマティマナは、そっと呟く。

皆の協力がなかったら、太刀打ちできない強敵だった。

「それはいいね。内輪の慰労会を開こうか」

ルードランは抱きしめている腕を腰へと移動させ、踊るときのような体勢になりながら弾んだ声を響かせる。

「あ、それいいですね！　慰労なのに皆さんには準備やらで、ちょっと苦労させちゃいますけど……」

塔の最上階で、ゆったりと踊る仕草に合わせながらマティマナも、パッと華やいだ表情になった。

「皆で準備して、皆で愉しむのがいいよ。無礼講でいいのじゃないかな？」

「ライセル城で、無礼講だなんて破格ですね！」

「皆の働きが素晴らしかった」

まったくです、と、マティマナは笑みを深める。

ゆったりと塔の上で踊りながら、激動の成り行きに思いが巡る。

「ルーさまは、フェレルドさまの作戦を読んでらしたようですね」

きっと、フェレルドとクラリッサがライセル城へ訪れ、遣り取りしている頃から察していたに違いない。

「何か事情はあったのだろうけど、一石二鳥を狙っているように感じたよ」

きっとクラリッサ殿のために一肌脱いだというところではないかな？　と、ルードランは小さく言葉を足した。供も連れずに来ていたし、何か訳ありのような気配だった。

「わたしの造った品の大半は、ベルドベル国へと攻め入らせる者たちへの装備だったのですね」

シェルモギがライセル城に攻め入ることを、フェレルドは随分と早くから確信して準備を始めていたに違いない。

「グウィク公爵城には、最前線なのに、ほとんど渡されていなかったからね。元より、グウィク公爵領で戦闘させるつもりはなかったのだろう」

辺境を護るグウィク公爵レタングを、フェレルドは信頼している気配だった。それに比べて、第一王子と、もうひとつの公爵家に関しては、噂どおりの冷徹ぶりを発揮している。

「もうひとつの公爵家は、令息もろともベルドベル国に飛ばされてしまったから、残された領地が大変ですね」

公爵領ともなれば広いだろう。統治させるアテがあるか、ずっと以前から領地を取り上げる気で準備していたのかもしれない。

「フェレルド殿の策略のうちだろうね、そのあたりも。良い統治者の候補があるのだと思うよ？一見、穏やかそうでも、ガナイテール国は権力争いが熾烈だったのかもしれないね」

フェレルドは上機嫌だったから、何か企んでいたのならすべて思いどおりにいったのだろう。

今後のガナイテール国は、ライセル城からの交易先としては治安の良い場所となっていくような予感をマティマナは覚えていた。

「このまま、僕の部屋に連れていきたくなるよ」

踊りの仕草を止め、ルードランはマティマナを抱きしめ直しながら深くため息をついた。

「ルーさまに拐（さら）われるのなら……」

嬉しいのですけど、と、呟いてしまってから、真っ赤になり、どきどきが止まらなくなってしまった。

ああ、こんなに抱きついてしまっていたら、鼓動が伝わっちゃってる……！

思いながらも、しがみつく手は離せない。

「忍耐力が試されているなぁ……。今回の件で、また少し、結婚式が先延ばしになった」

戦闘に巻き込まれたこと、というより、異界通路が開いてしまったことで、さまざまな手続きが増えてしまったからのようだ。

「待ち遠しいです……」

小さく呟きながら、もうしばらくの間、抱きしめ合ったままでいたいと、マティマナは願っていた。


マティマナはルードランと手を繋ぎ、一緒にあちこち点検に回っていた。

細かなところから、大きなものまで、死霊たちは意外に物に対しては破壊行動をしていたようだ。

これでよく人的被害がなかったものだと、少し安堵する思いはある。

些細(ささい)な破壊であれば、マティマナの雑用魔法のなかの修繕が効果覿面(てきめん)だった。

死霊の残党は、見回りをしている騎士たちが片づけてくれている。

「マティマナの修繕というか、復元のお陰で異界棟も元どおりになりそうだね」

「よかったです。一時はどうなることかと」

「修繕のお陰で、城のあちこちで以前よりかえって綺麗になった場所もあるくらいだ。本当にすごいよ」

聖なる光だけでできていた死霊を退治する雑貨たちは、役目が終わるとキラキラと光になって消えていった。

死霊に踏み潰されてから魔法で甦った庭園の植物たちは、数日間、光を撒き散らしていたが徐々におさまり今は普通の植物に戻っている。

「なんだか、夢のなかにでもいたような感じです」

皆で造り出した光に満ちたライセル城は、熾烈な戦いの最中ではあったが幻想的すぎた。

慌ただしさのなかで、目眩くように魔法が進化し展開していたのだ。

一気にできることが増えたような気もするし、あのような緊急時だったから使えただけという気もする。

「ライセル城に、魔法の品があふれているのはいいね」

ルードランはにっこりと笑みを深める。

「消えてしまったものも多いですが、魔法の品として定着したものも大量ですね」

闘いのさなか鉱石を使い骨などの素材を元に造ったものは魔法具として残っている。皆の撒く魔法とマティマナの魔法の融合で素材なしで魔法具に変わった品は、片づける死霊の存在がなくなると共に消えていくようだ。

「ライセル家の備品は、魔法の品になったものも多そうだね。でも、そのままでいいと思うよ」

ルードランは笑み含みに囁く。ライセル家の小物や調度類などが、たくさん素材として魔法具化してしまった。大人しくしてくれているとは思うけれど。

「……魔法具を元の素材に戻す方法……わからないです」

そのままでいいと言ってもらえているから、マティマナはホッとして呟いた。

しかし、片づけが大変だ。マティマナは自分の関与した魔法の品を雑用魔法で片づけることができない。

「片づけ、お手伝いできなくて心苦しいです」

「もっとずっと大変な魔法を使い続けているのだから、そんな風に思う必要はないよ？」

とはいえ城のなかに、マティマナの魔法が関与した品が増えたことで、簡単に片づけができないのは焦れったかった。

「ふたつの鉱石は、元に戻せそうですけど、当分、首飾りのままでいいですかね？」

「鉱石の首飾り、マティマナにとても似合っているし、元に戻すより便利そうだよ。そのまま使うのがいいのじゃないかな？」

「異界棟と、外の専用棟との連結が完了しました」

法師ウレン・ソビが、マティマナとルードランを見つけて駆け寄ってきた。

「ライセル城の外に、ライセル家の棟があるのですか？」

マティマナは不思議そうに問う。

「最近はあまり使われていなかったライセル城の来客対応の専用棟だよ。城壁のなかに招き入れたくない場合に使用していたようだね」

異界棟へと法師に誘導されながら、ルードランはマティマナに応えてくれている。

「こちらです」

異界棟へは今回は法師の転移で入った。一階が、受け付け対応できる形に改装されている。

「まあ！　すっかり綺麗になって素敵です」

マティマナは、入った場所を眺めながら感動した声をあげている。

「外の専用棟への移動は、この魔法陣です」

受け付けの隣は、ちょっとした広間で、その中央に大きめの魔法陣が固定されていた。

「乗ればいいのですか？」

「そう。行き来は簡単だよ」

ルードランに手を引かれて魔法陣に乗ると、次の瞬間には別の広間の魔法陣の上に移動していた。

専用棟へ入ったようだ。こちらも、受け付け対応できる形になっている。

「これで、ライセル城を介さなくても、商人の方々は異界との交易が可能になります」

ライセル城の外の専用棟から異界棟へと直接入れる。城の敷地に建つ異界棟は、扉が封印されている。なので異界からの来客も都からの商人も、基本的にはライセル城の敷地には出ることができない形だ。

ただ、異界棟と専用棟には、働く使用人たちのため秘密の通路は作られているらしい。

「一応、専用棟の受け付けはライセル城から案内の者を派遣するよ」

「異界棟の受け付けは、言語の提供や通行証の発行が必要となりますので、しばらくは私が対応します」

ルードランに続いての法師ウレンの言葉にマティマナは眼を瞠る。

「あら、それは大変すぎるのでは？」

驚いて訊いていた。

「大丈夫です。ライセル家で、専用の者を雇うまでの短期間ですから」

「告知は、まだ少し先だから、それまでには整うようにしよう」

法師が他の雑事に追われるのはよくない。マティマナはルードランの言葉に深く頷いた。

「不思議。ここは、ライセル城の外なのですよね？」

けれど、ちゃんとライセル城と同じように、護られている感覚がある。

「城壁の外だけれど、護りが働くライセル家の広場に建っているからね」

マティマナの言葉の意味を、ちゃんと感じとってルードランは応えてくれた。今は城壁が閉ざされている状態なので、この専用棟も城壁の外ながら封鎖されている。外には出られない。

「わたしが鳳永境に行きたいときは、どうやって異界棟に入ればいいのですか？」

「ひとりでは行かせないし、必ず僕が連れていくよ」

「あ、それは嬉しいです！」

当分、行くことはないと思うのだが、一応、確認しておきたかった。怖い思いはしたけれど、鳳永境には魅力的なものも多い。好奇心は疼くので、ルードランと一緒に行くことができるのは愉しみだ。

城の修復はマティマナの魔法での処置が終わり、使用人たちが引き継いでいる。襲撃され余分な仕事が増えたのに、皆、生き生きと仕事をしていた。

「城の方々が、鳳永境に行くときは、どんな形になるのですか？」

厨房(ちゅうぼう)の者や、品の調達係たちが出かけていくことはあるだろう。また、個人的に異界への興味を持つ者が、休暇を利用して行きたい場合もあるように思う。

「異界の詳細を知ってくれる者がいれば、ライセル城としては益になるからね。僕は積極的に出かけていってほしいと思っているよ。同行者が必要だから申請してもらって準備する形になるね。異界棟には転移で送る形かな」

ちゃんと色々な事態を想定し、準備しているようだ。

「異界に死霊がいなくなったのは、やはり朗報ですよね」

安心して送り出すことができる。

「あとは、通貨代わりの品をどうするか、ということだろうね」

「あ、もう、わたしの品では交換できないですかね？」

死霊はいなくなったし、聖なる付与品は不要になる気がする。

「死霊とは関係なしに、聖なる品の需要はなくならないそうだよ」

ルードランはグウィク公爵と情報交換をしているらしく、交易の事情も知っているようだ。

「そうなのですか？　じゃあ、わたし、魔法の品を造り続けてもいいのかしら？」

マティマナは、ちょっとドキドキしながらルードランに訊いた。魔法で物を造る楽しみを思い切り味わってしまったので、止められるのは辛い。

「ぜひ、造り続けてほしいよ。何より僕が愉しい。異界の通貨として買い取りたい者たちも大挙して押し寄せるだろうね」

ルードランが笑みを深めるのを見つめながら、マティマナはうるうると緑の瞳を輝かせていた。


慰労会は、皆で楽しく準備した。マティマナも厨房に入れてもらい、夜会の手伝いに来ていたときのように少しだけ仕事をしている。

魔法での手伝いをさせてもらえるのは嬉しかった。

貴族用の気取ったものではなく、慰労会ではもっと庶民的な料理が並ぶ。

その上で、夜会の定番料理なども特別に振る舞われるので、皆愉しみにしているようだ。

「久しぶりの厨房、愉しかったです！」

マティマナは着替えのために呼ばれ、厨房の皆に挨拶し、後ろ髪を引かれながら支度に向かった。

無礼講での慰労会とはいっても、さすがライセル城の使用人や侍女たちだ。何気に、皆、品が良い。大夜会で下級貴族までもが招かれているときのほうが、よほど、無礼講に近いようにマティマナは思う。

キーラも、ライリラウンも参加してくれていた。

ライリラウンには、ディアートが異界で購入してきた衣装のひとつを貸し出したようだ。ドレスのサイズは魔法的なもので調整したらしい。

マティマナも、ディアートも、異界のドレス。

いつの間にか、異界へと渡っていたギノバマリサも、密かに買ってきたらしきドレス姿になっている。

「まあまあ、皆、とても素敵よ！　異界のドレス、華やぐわね」

ライセル夫人リサーナは、女性陣の姿を眺めてとても嬉しそうに声をかけてきた。

戦いの最中(さなか)、現当主も、ライセル夫人も、ディアートも、ライセル城の護りを強めるための働きをしてくれていた。魔気の消費は激しかっただろう。

ライセル家の者たちの力が、あの城壁の上の魔法陣を造り出していたようなものだ。

「宝石がキラキラで、とても嬉しいの！」

宝石魔法を使うギノバマリサは、小さめな身体に宝石飾りが鏤(ちりば)められた、ピッタリした豪華ドレスだ。

「ちょっと落ち着きませんが、貴重な体験をありがとうございます」

ライリラウンは慣れないドレスに緊張しているようだが、何気に着こなしてはいる。

「異界のドレスは、種類が豊富でとても素敵ね」

ディアートは四人のドレスが皆それぞれ個性的なものであることを、とても喜んでいた。

「まず、三組の方々に踊りを披露していただいてから、無礼講による慰労会を開始いたします」

司会役の家令が告げた。

ルードランとマティマナ、バザックスとギノバマリサ、ディアートとライリラウンが組んで踊る。

まずは、貴族たちの定番曲だ。

語り合っていた女性陣へと、ルードランとバザックスが交ざる。

「ああ！　ルーさま、素敵です！　異界の衣装！　まあ、バザックスさまも！」

マティマナは驚いて瞠目(どうもく)する。いつの間にか仕入れていたらしく、兄弟揃(そろ)って優雅な佇(たたず)まいだ。

「バズさま、素敵！　とても良いです」

ギノバマリサは素早く、バザックスの腕のなか。マティマナも、ルードランに腰を捉えられて踊りの準備を整える。

ディアートとライリラウンは、踊りの練習を頻繁にしていたので何気に良い雰囲気だ。ドレス同士でも、全く違和感はない。

楽団による華やかな演奏が始まり、三組は滑るように踊りだした。

「異界のドレス、踊りやすいです！」

「よく似合っているよ、マティマナ」

「ルーさまこそ！　素晴らしいです」

踊りながら囁き合う。

「兄上……すっかり残念な方になってしまったな」

ぼそぼそと漏れ聞こえたのはバザックスの声のようだ。

「マティお義姉さま相手では仕方ありませんわよ。お義兄さまのステキさはよくわかっております」

ギノバマリサもボソボソと呟き返している。

何のことやら、マティマナはよくわからない。ルードランのことらしいが、マティマナから見る限り、変わらず麗しく、とてもステキだ。踊りは続いているので、気になるがふたりに問うことはできなかった。

途中からの女性だけが踊る場面は、四人の異界のドレスが、キラキラと宝石を煌めかせながら極上の華やかさだった。四人とも、全く違う振り付けなのに、とても調和している。

三組の状態に戻って少し踊り曲が終了すると、今度は都の祭りなどで踊る曲が演奏されはじめた。貴族の夜会では、あり得ない都や港街で流行の踊りだ。

マティマナたちと交代に、それぞれおめかしした使用人や侍女や騎士たちが踊りの輪を作った。

「こういう雰囲気もステキね！」

キーラは、食べられそうな果物らしきを抱えながらマティマナの近くへ舞ってきて告げた。充分に愉しんでくれているような表情を見て、マティマナはホッとする。

「キーラには、すっかりお世話になったわね。戦いまで手伝わせてしまったし、色々教えてもらえたし、本当に助かりました」

丁寧な礼をしながらマティマナは、キーラへとしみじみと告げた。

「何を仰いますやら、ね！　聖女マティ。あなたの進化し続ける技を見させてもらえて、滅茶苦茶楽しかったわ！」

「本当に！　素晴らしかったです、聖女マティさま！」

ライリラウンの呼び方が、いつの間にかマティになっている。どちらの呼ばれ方も、それぞれ好きなので呼びやすい響きで呼んでもらえると嬉しい。

「鑑定に来てもらったのに、戦いに巻き込んでしまって申し訳なかったです」

「いいえ！　とても素晴らしい経験をさせていただきました！　異界の通行証も手に入りましたし、実地の戦闘経験も貴重です。ありがとうございました」

深々と頭を下げるライリラウンへと、ルードランが近づいてきた。

「そう言ってもらえると、嬉しいよ。ライリには、とても助けられた」

ルードランは、話を聞いていたようで、そう告げて笑みを深める。

「ライリの鑑定、本当に助かってます。自分で造っておいて、何なのかわからないなんて困りものね」

マティマナは造るのが楽しいだけに、何が出来上がったかわからないことによる困惑も大きかった。

「お役に立ててよかったです。わたしは、明日には聖王院へと戻りますが、鑑定は専任の方が来てくださるそうですからご安心を」

「わたしも、明日、カルパムに戻るわ。ようやく、城壁が開けられるものね」

そうだった。ライリラウンもキーラも、元より少しの滞在のはずだった。

「ああ！　それはものすごく名残惜しいです！　ぜひ、また、お会いしたい……」

マティマナは瞳が潤むのを感じながら告げた。いつの間にか、キーラやライリラウンがいることが、日常になっていた。

寂しくなっちゃうなぁ、と、心のなかでだけ呟く。

キーラにはキーラの、ライリラウンにはライリラウンの道がある。

じゃあ、わたしは？

ふと、マティマナは思案する。ルードランと婚姻し、ライセル小国を、ルルジェの都を護る道だ。

それは、不相応なほどに大それた役割だった。

「マティマナ様、せっかくですから踊りましょう？」

侍女頭のコニーが、誘いに来た。最近は、ログス令嬢とは呼ばなくなっている。

「あ、わたしもいいかしら」

流れている曲を聴きながら、ライリラウンが訊いてくる。

「もちろんですよ！　一緒に踊ってくださいませ」

マティマナも知る曲だった。気楽な下級貴族だったころは繁華街に住んでいたこともあり、よくコッソリ踊りに行っていた。ライリラウンにも馴染みの曲らしく、皆に交じって楽しそうに踊っている。

懐かしさを感じながら、滅多にない身分を忘れた交流の機会をマティマナは存分に楽しむことにした。

ライリラウンには花から造った聖なる宝飾品を、選んでもらい贈った。

完全に死霊が駆除されたことが確認でき、久々に城門が開く。それと同時に、ライリラウンは聖王院からの迎えの転移で姿を消した。

鑑定士は、専任が近日中に来るらしい。ライリラウンほどの異常な鑑定実力ではないけれど、正しい鑑定が得意な少し年配の方だと聞いた。

キーラは、マティマナに言語の付与だけでなく、付与役を増やせる権利を与えてくれている。

「ベルドベルの言葉はもう不要だとは思うけど、一応、付けとくわね」

人間界の言葉と、ガナイテールの言葉、ベルドベルの言葉が対象だ。

なにかと必要になりそうだ。法師の代わりに就任する異界通路の案内人には、早速付与する形になると思う。

「ありがとう、キーラ！　本当に、とても、お世話になってしまったわね」

キーラは、キーラの羽根から造られた武器はひとつだけだが、花から造られた品は、いくつも持ち帰ることにしたようだ。寂しくなるけれど、品を気に入ってもらえたのがマティマナはとても嬉しい。

「とてもエキサイティングで愉しかったわよ」

エキサイティング？　あ、でも、なんとなく意味がわかるかも？

キーラの紡ぐ秘文字の一種だという不思議な言葉たちは、共に過ごす間に結構な数が身についた。

「言語も爵位の件も、本当に助かったよ。また、協力願いたいことがあるかもしれない。そのときはよろしく頼む」

ルードランが別れ間際のキーラに声をかけている。

「もちろんよ！　じゃあ、また来るわね！　ふたりの結婚式には、ぜひ招待してね？」

キーラは、半ば冗談めかしたように囁きながら笑う。

「あ！　ぜひ！　招待状送ります！」

「ぜひとも、来てくれ！　大歓迎だよ」

マティマナとルードランは、ほとんど同時に応えた。

「ああ、それにしても、聖女マティは、本当に美味だったわ！　それだけ名残惜しくって」

キーラは少しもじもじしていたが、瞬間、マティマナの肩へとまるように抱きついた。

「お役に立てて何よりよ？」

マティマナは、キーラが美味だと言ってあふれる聖なる魔気を味わう表情がとても好きだった。

とても栄養補給になるらしい。

「ふふふん。名残惜しいけど、じゃあ、またね？　聖女マティに、ルーさま！　ぜひ、カルパムにも遊びに来て〜！」

キーラは、いつの間にか、ルーさまと、呼んでいたようだ。

声が響いた次の瞬間には、キーラは小さな鳥の姿で弾丸のように突き進んで姿を消していた。


ルードランは、マティマナと手を繋ぎ広間へと歩いていく。

「何も制約がなかったら、マティマナは何がしてみたい？」

不意にルードランが問いかけてきた。

「旅……ですかね？」

叶(かな)いにくいとは思いますが、と小さく言葉を足す。ライセル家に嫁いだら、お役目が増える。城から出るのは、視察や、王宮での行事くらいになるはずだ。

「方法は、色々あるから。最初から諦めるのはダメだよ？」

やりたいことがあるのに我慢するのもダメだよ、と、言葉が足された。

諦めに似た気持ちだったが、ルードランの咎(とが)める言葉で別の感覚が巡る。

旅といっても、マティマナの脳裡に浮かんだのは、キーラ流に言えば、ピクニック？

キーラと接し、鳳永境の言語を得てガナイテールの者と交流するうち、ユグナルガにはない、そうした言葉が不意にわかることが増えた。

「ピクニックか、いいね！　それならすぐに叶いそうだ」

手を繋いでいるから、ルードランには思いは筒抜けだったろう。ルードランにもピクニックで通じている。

「お弁当持って、ルーさまの転移でできちゃいますね」

マティマナはうきうきと囁いた。

頷くルードランはマティマナの腰に手を触れると、広間で軽く踊りだす。

「それと、わたし、お役に立ちたいです。特に、ルーさまの」

踊りながら、先ほどの、ルードラン問いへの応えとしてマティマナは言葉を足した。

いつも誰かの役に立ちたいと思って生きてきた。特に今は、ルードランの役に立ちたい。

それは強い衝動のようなものだ。

「それなら、マティマナが心から愉しいと思うことを、してほしいな」

ルードランの言葉に、マティマナは混乱する。

「愉しいこと？」

踊りの動きが止まり、抱きしめられた。

ああっ、ちょっと、ここはそれなり人の出入りが……！

などと思う間に、頤（おとがい）が捉えられ唇が重ねられた。

キスの衝撃で、くらくらする。

腕のなか、安堵感と幸福な思いがあふれていた。マティマナはルードランの背へと、そっと腕を回してしがみつく。

「わたし、ライセル城での暮らしが愉しいです……」

マティマナはしみじみと囁いた。

実家では、暮らし自体が愉しいなどと感じたことはない。否定に次ぐ否定。常に、あるべき形へとマティマナを嵌め込もうとする圧力ばかりがあった。

だが、ライセル城に集う者たちは全く違う。みなマティマナを認めてくれる。マティマナのお気に入りの雑用魔法に興味を持ってくれるし、誰にも否定されない。好きなものを好きと言えて、賛同してもらえる。そのうえ工夫のヒントまでもらえる。

それが、こんなにも幸せを運んでくれるなんて！

ルードランの問いを突き詰めているうちに、そんな思いがあふれてきた。

認められ褒められることに慣れていないから、擽ったいような気分は続いているのだけれど。

ルードランは、そうして皆と交流を深めるマティマナを見守り、時に助け、マティマナが暗い思いを抱えても、否定することなく包み込んでくれる。

その上、働きすぎや魔気の乱用に関しては、しっかり釘を刺してもくれる。

そうして働きすぎを咎められたり指摘されたりしても、反発する思いは少しも湧いてこない。かえって温かい気持ちになる。不思議なものだ。素直に嬉しく感じるのだから。皆が家族のような温かさ、マティマナが家族から得たいと切望していたものを与えてくれている。

ならば、わたしもめいっぱいの愛情を皆に注ごう。護る力があるなら護りたい。

マティマナには、皆が必要で、皆もマティマナを必要としてくれている！

「ルーさま、ありがとうございます」

わたしを、こんなに素敵な場所へ連れてきてくれて。本当の意味での幸せをもたらしてくれて。

「愛してるよ」

あふれるマティマナの思いをすべて受けとめてくれながら、ルードランは囁く。しっかりと抱きしめられ、しっかり抱きしめ返す。

「ルーさま……」

抱きついて、ありったけの愛を、言葉にならない感情を、マティマナは思い切り注ぎ込んだ。あふれくる愛情を、喜びの感情を、幸せな感覚を、繋がる心へ。

膨大な感情の流れに、ルードランは驚いた表情ながら心底歓喜してくれている。

何かから解き放たれた感じがした。

新しい家族たちを、わたしは心から愛することができている。ルードランに逢えたから。ルードランはなにもかも、そのままの形で受け入れてくれる。無条件で愛してくれている。

わたしも！

全力で、ルードランを、そして家族や大切な仲間たちを愛し、護る。

抱きしめられルードランに触れることで魔気の回復は早く、余剰があふれていた。キーラが美味だと絶賛だった聖なる魔気。マティマナは無意識でルードランへと、あふれほとばしる愛の感情とともに、魔気を注いでいた。

心地好い……。なんて幸せ！

大量の愛情と感謝とが混ざり合った感情の渦を、きらきらのあふれる魔気とともにマティマナはいつまでも、ルードランへと注ぎ込み続けていた。

理不尽に婚約破棄されましたが、
雑用魔法で
王族直系の大貴族に
嫁入りします！

理不尽に婚約破棄されましたが、雑用魔法で王族直系の大貴族に嫁入りします！ 2

2024年5月25日　初版第一刷発行

著者　藤森かつき
発行者　山下直久
発行　株式会社KADOKAWA
〒102-8177　東京都千代田区富士見2-13-3
0570-002-301（ナビダイヤル）
印刷・製本　株式会社広済堂ネクスト
ISBN 978-4-04-683624-3 C0093

企画　株式会社フロンティアワークス
担当編集　齊藤かれん（株式会社フロンティアワークス）
ブックデザイン　AFTERGLOW
デザインフォーマット　AFTERGLOW
イラスト　天領寺セナ

本シリーズは「小説家になろう」（https://syosetu.com/）初出の作品を加筆の上書籍化したものです。

ファンレター、作品のご感想をお待ちしています

宛先
〒102-8177　東京都千代田区富士見 2-13-3
株式会社 KADOKAWA　MFブックス編集部気付
「藤森かつき先生」係「天領寺セナ先生」係

二次元コードまたはURLをご利用の上
右記のパスワードを入力してアンケートにご協力ください。

https://kdq.jp/mfb
パスワード
kd3ez

● PC・スマートフォンにも対応しております（一部対応していない機種もございます）。
●アンケートにご協力頂きますと、作者書き下ろしの「こぼれ話」が WEB で読めます。
●サイトにアクセスする際や、登録・メール送信時にかかる通信費はご負担ください。
● 2024 年 5 月時点の情報です。やむを得ない事情により公開を中断・終了する場合があります。